Alice
Cabinet de Curiosités

LES AVENTURES D'ALICE AU PAYS DES MERVEILLES

&

DE L'AUTRE CÔTÉ DU MIROIR

Illustrations d' Alice Von Gotha

Erebus Society

First published in Great Britain in 2017
by Erebus Society

First Edition

Author: Lewis Carroll 1865
Editor: Constantin Vaughn
Copyright of this edition © Constantin Vaughn 2017
Cover & illustration copyright © Alice Von Gotha 2017

ISBN: 978-1-912461-02-8

Table des matières

Les Aventures d'Alice au pays des merveilles

Through the Looking Glass

Les Aventures d'Alice au pays des merveilles

CHAPITRE I

Au Fond du Terrier

Alice, assise auprès de sa sœur sur le gazon, commençait à s'ennuyer de rester là à ne rien faire ; une ou deux fois elle avait jeté les yeux sur le livre que lisait sa sœur ; mais quoi ! pas d'images, pas de dialogues ! « La belle avance, » pensait Alice, « qu'un livre sans images, sans causeries ! »

Elle s'était mise à réfléchir, (tant bien que mal, car la chaleur du jour l'endormait et la rendait lourde,) se demandant si le plaisir de faire une couronne de marguerites valait bien la peine de se lever et de cueillir les fleurs, quand tout à coup un lapin blanc aux yeux roses passa près d'elle.

Il n'y avait rien là de bien étonnant, et Alice ne trouva même pas très-extraordinaire d'entendre parler le Lapin qui se disait : « Ah ! j'arriverai trop tard ! » (En y songeant après, il lui sembla bien qu'elle aurait dû s'en étonner, mais sur le moment cela lui avait paru tout naturel.) Cependant, quand le Lapin vint à tirer une montre de son gousset, la regarda, puis se prit à courir de plus belle, Alice sauta sur ses pieds, frappée de cette idée que jamais elle n'avait vu de lapin avec un gousset et une montre. Entraînée par la curiosité elle s'élança sur ses traces à travers le champ, et arriva tout juste à temps pour le voir disparaître dans un large trou au pied d'une haie.

Un instant après, Alice était à la poursuite du Lapin dans le terrier, sans songer comment elle en sortirait.

Pendant un bout de chemin le trou allait tout droit comme un tunnel, puis tout à coup il plongeait perpendiculairement d'une façon si brusque qu'Alice se sentit tomber comme dans un puits d'une grande profondeur, avant même d'avoir pensé à se retenir.

De deux choses l'une, ou le puits était vraiment bien profond, ou elle tombait bien doucement ; car elle eut tout le loisir, dans sa chute, de regarder autour d'elle et de se demander avec étonnement ce qu'elle allait devenir. D'abord elle regarda dans le fond du trou pour savoir où elle allait ; mais il y faisait bien trop sombre pour y rien voir. Ensuite elle porta les yeux sur les parois du puits, et s'aperçut qu'elles étaient garnies d'armoires et d'étagères ; çà et là, elle vit pendues à des clous des cartes géographiques et des images. En passant elle prit sur un rayon un pot de confiture portant cette étiquette, « MARME-LADE D'ORANGES. » Mais, à son grand regret, le pot était vide : elle n'osait le laisser tomber dans la crainte de tuer quelqu'un ; aussi s'arrangea-t-elle de manière à le déposer en passant dans une des armoires.

« Certes, » dit Alice, « après une chute pareille je ne me moquerai pas mal de dégringoler l'escalier ! Comme ils vont me trouver brave chez nous ! Je tomberais du haut des toits que je ne ferais pas entendre une plainte. » (Ce qui était bien probable.)

Tombe, tombe, tombe ! « Cette chute n'en finira donc pas ! Je suis curieuse de savoir combien de milles j'ai déjà faits, » dit-elle tout haut. « Je dois être bien près du centre de la terre. Voyons donc, cela serait à quatre mille milles de profondeur, il me semble. » (Comme vous voyez, Alice avait appris pas mal de choses dans ses leçons ; et bien que ce ne fût pas là une très-bonne occasion de faire parade de son savoir, vu qu'il n'y avait point d'auditeur, cependant c'était un bon exercice que de répéter sa leçon.) « Oui, c'est bien à peu près cela ; mais alors à quel degré de latitude ou de longitude est-ce que je me trouve ? » (Alice n'avait pas la moindre idée de ce que voulait dire latitude ou longitude, mais ces grands mots lui paraissaient beaux et sonores.)

Bientôt elle reprit : « Si j'allais traverser complétement la terre ? Comme ça serait drôle de se trouver au milieu de gens qui marchent la tête en bas. Aux Antipathies, je crois. » (Elle n'était pas fâchée cette fois qu'il n'y eût personne là pour l'entendre, car ce mot ne lui faisait pas l'effet d'être bien juste.) « Eh mais, j'aurai à leur demander le nom du pays. — Pardon, Madame, est-ce ici la Nouvelle-Zemble ou l'Australie ? » — En même temps elle essaya de faire la révérence. (Quelle idée ! Faire la révérence en l'air ! Dites-moi un peu, comment vous y prendriez-vous ?) « Quelle petite ignorante ! pensera la dame quand je lui ferai cette question. Non, il ne faut pas demander cela ; peut-être le verrai-je écrit quelque part. »

Tombe, tombe, tombe ! — Donc Alice, faute d'avoir rien de mieux à faire, se remit à se parler : « Dinah remarquera mon absence ce soir, bien sûr. » (Dinah c'était son chat.) « Pourvu qu'on n'oublie pas de lui donner sa jatte de lait à l'heure du thé. Dinah, ma minette, que n'es-tu ici avec moi ? Il n'y a pas de souris dans les airs, j'en ai bien peur ; mais tu pourrais attraper une chauve-souris, et cela ressemble beaucoup à une souris, tu sais. Mais les chats mangent-ils les chauves-souris ? » Ici le sommeil commença à gagner Alice. Elle répétait, à moitié endormie : « Les chats mangent-ils les chauves-souris ? Les chats mangent-ils les chauves-souris ? » Et quelquefois : « Les chauves-souris mangent-elles les chats ? » Car vous comprenez bien que, puisqu'elle ne pouvait répondre ni à l'une ni à l'autre de ces questions, peu importait la manière de les poser. Elle s'assoupissait et commençait à rêver qu'elle se promenait tenant Dinah par la main, lui disant très-sérieusement : « Voyons, Dinah, dis-moi la vérité, as-tu jamais mangé des chauves-souris ? » Quand tout à coup, pouf ! la voilà étendue sur un tas de fagots et de feuilles sèches, — et elle a fini de tomber.

Alice ne s'était pas fait le moindre mal. Vite elle se remet sur ses pieds et regarde en l'air ; mais tout est noir là-haut. Elle voit devant elle un long passage et le Lapin Blanc qui court à toutes jambes. Il n'y a pas un instant à perdre ; Alice part comme le vent et arrive tout juste à temps pour entendre le Lapin dire, tandis qu'il tourne le coin : « Par ma moustache et mes oreilles, comme il se fait tard ! » Elle n'en était plus qu'à deux pas : mais le coin tourné, le Lapin avait disparu. Elle se trouva alors dans une salle longue et basse, éclairée par une rangée de lampes pendues au plafond.

Il y avait des portes tout autour de la salle : ces portes étaient toutes fermées, et, après avoir vainement tenté d'ouvrir celles du côté droit, puis celles du côté gauche, Alice se promena tristement au beau milieu de cette salle, se demandant comment elle en sortirait.

Tout à coup elle rencontra sur son passage une petite table à trois pieds, en verre massif, et rien dessus qu'une toute petite clef d'or. Alice pensa aussitôt que ce pouvait être celle d'une des portes ; mais hélas ! soit que les serrures fussent trop grandes, soit que la clef fût trop petite, elle ne put toujours en ouvrir aucune.

Cependant, ayant fait un second tour, elle aperçut un rideau placé très-bas et qu'elle n'avait pas vu d'abord ; par derrière se trouvait encore une petite porte à peu près quinze pouces de haut ; elle essaya la petite clef d'or à la serrure, et, à sa grande joie, il se trouva qu'elle y allait à merveille. Alice ouvrit la porte, et vit qu'elle conduisait dans un étroit passage à peine plus large qu'un trou à rat. Elle s'agenouilla, et, jetant les yeux le long du passage, découvrit le plus ravissant jardin du monde. Oh ! Qu'il lui tardait de sortir de cette salle ténébreuse et d'errer au milieu de ces carrés de fleurs brillantes, de ces fraîches fontaines ! Mais sa tête ne pouvait même pas passer par la porte. « Et quand même ma tête y passerait, » pensait Alice, « à quoi cela servirait-il sans mes épaules ? Oh ! que je voudrais donc avoir la faculté de me fermer comme un télescope ! Ça se pourrait peut-être, si je savais comment m'y prendre. » Il lui était déjà arrivé tant de choses extraordinaires, qu'Alice commençait à croire qu'il n'y en avait guère d'impossibles.

Comme cela n'avançait à rien de passer son temps à attendre à la petite porte, elle retourna vers la table, espérant presque y trouver une autre clef, ou tout au moins quelque grimoire donnant les règles à suivre pour se fermer comme un télescope. Cette fois elle trouva sur la table une petite bouteille (qui certes n'était pas là tout à l'heure). Au cou de cette petite bouteille était attachée une étiquette en papier, avec ces mots « BUVEZ-MOI » admirablement imprimés en grosses lettres.

C'est bien facile à dire « Buvez-moi, » mais Alice était trop fine pour obéir à l'aveuglette. « Examinons d'abord, » dit-elle, « et voyons s'il y a écrit dessus « Poison » ou non. » Car elle avait lu dans de jolis petits contes, que des enfants avaient été brûlés, dévorés par des bêtes féroces, et qu'il leur était arrivé d'autres choses très-désagréables, tout cela pour ne s'être pas souvenus des instructions bien simples que leur donnaient leurs parents : par exemple, que le tisonnier chauffé à blanc brûle les mains qui le tiennent trop longtemps ; que si on se fait au doigt une coupure profonde, il saigne d'ordinaire ; et elle n'avait point oublié que si l'on boit immodérément d'une bouteille marquée « Poison » cela ne manque pas de brouiller le cœur tôt ou tard.

Cependant, comme cette bouteille n'était pas marquée « Poison, » Alice se hasarda à en goûter le contenu, et le trouvant fort bon, (au fait c'était comme un mélange de tarte aux cerises, de crême, d'ananas, de dinde truffée, de nougat, et de rôties au beurre,) elle eut bientôt tout avalé.

*****

« Je me sens toute drôle, » dit Alice, « on dirait que je rentre en moi-même et que je me ferme comme un télescope. » C'est bien ce qui arrivait en effet. Elle n'avait plus que dix pouces de haut, et un éclair de joie passa sur son visage à la pensée qu'elle était maintenant de la grandeur voulue pour pénétrer par la petite porte dans ce beau jardin. Elle attendit pourtant quelques minutes, pour voir si elle allait rapetisser encore. Cela lui faisait bien un peu peur. « Songez donc, » se disait Alice, « je pourrais bien finir par m'éteindre comme une chandelle. Que deviendrais-je alors ? » Et elle cherchait à s'imaginer l'air que pouvait avoir la flamme d'une chandelle éteinte, car elle ne se rappelait pas avoir jamais rien vu de la sorte.

Un moment après, voyant qu'il ne se passait plus rien, elle se décida à aller de suite au jardin ; mais hélas, pauvre Alice ! en arrivant à la porte, elle s'aperçut qu'elle avait oublié la petite clef d'or. Elle revint sur ses pas pour la prendre sur la table. Bah ! impossible d'atteindre à la clef qu'elle voyait bien clairement à travers le verre. Elle fit alors tout son possible pour grimper le long d'un des pieds de la table, mais il était trop glissant ; et enfin, épuisée de fatigue, la pauvre enfant s'assit et pleura.

« Allons, à quoi bon pleurer ainsi, » se dit Alice vivement. « Je vous conseille, Mademoiselle, de cesser tout de suite ! » Elle avait pour habitude de se donner de très-bons conseils (bien qu'elle les suivît rarement), et quelquefois elle se grondait si fort que les larmes lui en venaient aux yeux ; une fois même elle s'était donné des tapes pour avoir triché dans une partie de croquet qu'elle jouait toute seule ; car cette étrange enfant aimait beaucoup à faire deux personnages. « Mais, » pensa la pauvre Alice, « il n'y a plus moyen de faire deux personnages, à présent qu'il me reste à peine de quoi en faire un. »

Elle aperçut alors une petite boîte en verre qui était sous la table, l'ouvrit et y trouva un tout petit gâteau sur lequel les mots « MANGEZ-MOI » étaient admirablement tracés avec des raisins de Corinthe. « Tiens, je vais le manger, » dit Alice : « si cela me fait grandir, je pourrai atteindre à la clef ; si cela me fait rapetisser, je pourrai ramper sous la porte ; d'une façon ou de l'autre, je pénétrerai dans le jardin, et alors, arrive que pourra ! »

Elle mangea donc un petit morceau du gâteau, et, portant sa main sur sa tête, elle se dit tout inquiète : « Lequel est-ce ? Lequel est-ce ? » Elle voulait savoir si elle grandissait ou rapetissait, et fut tout étonnée de rester la même ; franchement, c'est ce qui arrive le plus souvent lorsqu'on mange du gâteau ; mais Alice avait tellement pris l'habitude de s'attendre à des choses extraordinaires, que cela lui paraissait ennuyeux et stupide de vivre comme tout le monde.

Aussi elle se remit à l'œuvre, et eut bien vite fait disparaître le gâteau.

CHAPITRE II

Le Mare aux Larmes

« De plus très-curieux en plus très-curieux ! » s'écria Alice (sa surprise était si grande qu'elle ne pouvait s'exprimer correctement) « Voilà que je m'allonge comme le plus grand télescope qui fût jamais ! Adieu mes pieds ! » (Elle venait de baisser les yeux, et ses pieds lui semblaient s'éloigner à perte de vue.) « Oh ! mes pauvres petits pieds ! Qui vous mettra vos bas et vos souliers maintenant, mes mignons ? Quant à moi, je ne le pourrai certainement pas ! Je serai bien trop loin pour m'occuper de vous : arrangez-vous du mieux que vous pourrez. — Il faut cependant que je sois bonne pour eux, » pensa Alice, « sans cela ils refuseront peut-être d'aller du côté que je voudrai. Ah ! je sais ce que je ferai : je leur donnerai une belle paire de bottines à Noël. »

Puis elle chercha dans son esprit comment elle s'y prendrait. « Il faudra les envoyer par le messager, » pensa-t-elle ; « quelle étrange chose d'envoyer des présents à ses pieds ! Et l'adresse donc ! C'est cela qui sera drôle.

> *À Monsieur Lepiédroit d'Alice,*
> *Tapis du foyer,*
> *Près le garde-feu.*
> *(De la part de Mlle Alice.)*

Oh ! que d'enfantillages je dis là ! »

Au même instant, sa tête heurta contre le plafond de la salle : c'est qu'elle avait alors un peu plus de neuf pieds de haut. Vite elle saisit la petite clef d'or et courut à la porte du jardin.

Pauvre Alice ! C'est tout ce qu'elle put faire, après s'être étendue de tout son long sur le côté, que de regarder du coin de l'œil dans le jardin. Quant à traverser le passage, il n'y fallait plus songer. Elle s'assit donc, et se remit à pleurer.

« Quelle honte ! » dit Alice. « Une grande fille comme vous » (« grande » était bien le mot) « pleurer de la sorte ! Allons, finissez, vous dis-je ! » Mais elle continua de pleurer, versant des torrents de larmes, si bien qu'elle se vit à la fin entourée d'une grande mare, profonde d'environ quatre pouces et s'étendant jusqu'au milieu de la salle.

Quelque temps après, elle entendit un petit bruit de pas dans le lointain ; vite, elle s'essuya les yeux pour voir ce que c'était. C'était le Lapin Blanc, en grande toilette, tenant d'une main une paire de gants paille, et de l'autre un large éventail. Il accourait tout affairé, marmottant entre ses dents : « Oh ! la Duchesse, la Duchesse ! Elle sera dans une belle colère si je l'ai fait attendre ! »

Alice se trouvait si malheureuse, qu'elle était disposée à demander secours au premier venu ; ainsi, quand le Lapin fut près d'elle, elle lui dit d'une voix humble et timide, « Je vous en prie, Monsieur — » Le Lapin tressaillit d'épouvante, laissa tomber les gants et l'éventail, se mit à courir à toutes jambes et disparut dans les ténèbres.

Alice ramassa les gants et l'éventail, et, comme il faisait très-chaud dans cette salle, elle s'éventa tout en se faisant la conversation : « Que tout est étrange, aujourd'hui ! Hier les choses se passaient comme à l'ordinaire. Peut-être m'a-t-on changée cette nuit ! Voyons, étais-je la même petite fille ce matin en me levant ? — Je crois bien me rappeler que je me suis trouvée un peu différente. — Mais si je ne suis pas la même, qui suis-je donc, je vous prie ? Voilà l'embarras. » Elle se mit à passer en revue dans son esprit toutes les petites filles de son âge qu'elle connaissait, pour voir si elle avait été transformée en l'une d'elles.

« Bien sûr, je ne suis pas Ada, » dit-elle. « Elle a de longs cheveux bouclés et les miens ne frisent pas du tout. — Assurément je ne suis pas Mabel, car je sais tout plein de choses et Mabel ne sait presque rien ; et puis, du reste, Mabel, c'est Mabel ; Alice c'est Alice ! — Oh ! mais quelle énigme que cela ! — Voyons si je me souviendrai de tout ce que je savais : quatre fois cinq font douze, quatre fois six font treize, quatre fois sept font — je n'arriverai jamais à vingt de ce train-là. Mais peu importe la table de multiplication. Essayons de la Géographie : Londres est la capitale de Paris, Paris la capitale de Rome, et Rome la capitale de — Mais non, ce n'est pas cela, j'en suis bien sûre ! Je dois être changée en Mabel ! — Je vais tâcher de réciter Maître Corbeau. » Elle croisa les mains sur ses genoux comme quand elle disait ses leçons, et se mit à répéter la fable, d'une voix rauque et étrange, et les mots ne se présentaient plus comme autrefois :

> « *Maître Corbeau sur un arbre perché,*
> *Faisait son nid entre des branches ;*
> *Il avait relevé ses manches,*
> *Car il était très-affairé.*

Maître Renard, par là passant,
Lui dit : « Descendez donc, compère ;
Venez embrasser votre frère. »
Le Corbeau, le reconnaissant,
Lui répondit en son ramage :
« Fromage. » »

« Je suis bien sûre que ce n'est pas ça du tout, » s'écria la pauvre Alice, et ses yeux se remplirent de larmes. « Ah ! je le vois bien, je ne suis plus Alice, je suis Mabel, et il me faudra aller vivre dans cette vilaine petite maison, où je n'aurai presque pas de jouets pour m'amuser. — Oh ! que de leçons on me fera apprendre ! — Oui, certes, j'y suis bien résolue, si je suis Mabel je resterai ici. Ils auront beau passer la tête là-haut et me crier, « Reviens auprès de nous, ma chérie ! » Je me contenterai de regarder en l'air et de dire, « Dites-moi d'abord qui je suis, et, s'il me plaît d'être cette personne-là, j'irai vous trouver ; sinon, je resterai ici jusqu'à ce que je devienne une autre petite fille. » — Et pourtant, » dit Alice en fondant en larmes, « je donnerais tout au monde pour les voir montrer la tête là-haut ! Je m'ennuie tant d'être ici toute seule. »

Comme elle disait ces mots, elle fut bien surprise de voir que tout en parlant elle avait mis un des petits gants du Lapin. « Comment ai-je pu mettre ce gant ? » pensa-t-elle. « Je rapetisse donc de nouveau ? » Elle se leva, alla près de la table pour se mesurer, et jugea, autant qu'elle pouvait s'en rendre compte, qu'elle avait environ deux pieds de haut, et continuait de raccourcir rapidement.

Bientôt elle s'aperçut que l'éventail qu'elle avait à la main en était la cause ; vite elle le lâcha, tout juste à temps pour s'empêcher de disparaître tout à fait.

« Je viens de l'échapper belle, » dit Alice, tout émue de ce brusque changement, mais bien aise de voir qu'elle existait encore. « Maintenant, vite au jardin ! » — Elle se hâta de courir vers la petite porte ; mais hélas ! elle s'était refermée et la petite clef d'or se trouvait sur la table de verre, comme tout à l'heure. « Les choses vont de mal en pis, » pensa la pauvre enfant. « Jamais je ne me suis vue si petite, jamais ! Et c'est vraiment par trop fort ! »

À ces mots son pied glissa, et flac ! La voilà dans l'eau salée jusqu'au menton. Elle se crut d'abord tombée dans la mer. « Dans ce cas je retournerai chez nous en chemin de fer, » se dit-elle.

(Alice avait été au bord de la mer une fois en sa vie, et se figurait que sur n'importe quel point des côtes se trouvent un grand nombre de cabines pour les baigneurs, des enfants qui font des trous dans le sable avec des pelles en bois, une longue ligne de maisons garnies, et derrière ces maisons une gare de chemin de fer.) Mais elle comprit bientôt qu'elle était dans une mare formée des larmes qu'elle avait pleurées, quand elle avait neuf pieds de haut.

« Je voudrais bien n'avoir pas tant pleuré, » dit Alice tout en nageant de côté et d'autre pour tâcher de sortir de là. « Je vais en être punie sans doute, en me noyant dans mes propres larmes. C'est cela qui sera drôle ! Du reste, tout est drôle aujourd'hui. »

Au même instant elle entendit patauger dans la mare à quelques pas de là, et elle nagea de ce côté pour voir ce que c'était. Elle pensa d'abord que ce devait être un cheval marin ou hippopotame ; puis elle se rappela combien elle était petite maintenant, et découvrit bientôt que c'était tout simplement une souris qui, comme elle, avait glissé dans la mare.

« Si j'adressais la parole à cette souris ? Tout est si extraordinaire ici qu'il se pourrait bien qu'elle sût parler : dans tous les cas, il n'y a pas de mal à essayer. » Elle commença donc : « Ô Souris, savez-vous comment on pourrait sortir de cette mare ? Je suis bien fatiguée de nager, Ô Souris ! » (Alice pensait que c'était là la bonne manière d'interpeller une souris. Pareille chose ne lui était jamais arrivée, mais elle se souvenait d'avoir vu dans la grammaire latine de son frère : — « La souris, de la souris, à la souris, ô souris. ») La Souris la regarda d'un air inquisiteur ; Alice crut même la voir cligner un de ses petits yeux, mais elle ne dit mot.

« Peut-être ne comprend-elle pas cette langue, » dit Alice ; « c'est sans doute une souris étrangère nouvellement débarquée. Je vais essayer de lui parler italien : « Dove è il mio gatto ? » » C'étaient là les premiers mots de son livre de dialogues. La Souris fit un bond hors de l'eau, et parut trembler de tous ses membres. « Oh ! mille pardons ! » s'écria vivement Alice, qui craignait d'avoir fait de la peine au pauvre animal. « J'oubliais que vous n'aimez pas les chats. »

« Aimer les chats ! » cria la Souris d'une voix perçante et colère. « Et vous, les aimeriez-vous si vous étiez à ma place ? »

« Non, sans doute, » dit Alice d'une voix caressante, pour l'apaiser. « Ne vous fâchez pas. Pourtant je voudrais bien vous montrer Dinah, notre chatte. Oh ! si vous la voyiez, je suis sûre que vous prendriez de l'affection pour les chats. Dinah est si douce et si gentille. » Tout en nageant nonchalamment dans la mare et parlant moitié à part soi, moitié à la Souris, Alice continua : « Elle se tient si gentiment auprès du feu à faire son rouet, à se lécher les pattes, et à se débarbouiller ; son poil est si doux à caresser ; et comme elle attrape bien les souris ! — Oh ! pardon ! » dit encore Alice, car cette fois le poil de la Souris s'était tout hérissé, et on voyait bien qu'elle était fâchée tout de bon. « Nous n'en parlerons plus si cela vous fait de la peine. »

« Nous ! dites-vous, » s'écria la Souris, en tremblant de la tête à la queue. « Comme si moi je parlais jamais de pareilles choses ! Dans notre famille on a toujours détesté les chats, viles créatures sans foi ni loi. Que je ne vous en entende plus parler ! »

« Eh bien non, » dit Alice, qui avait hâte de changer la conversation. « Est-ce que — est-ce que vous aimez les chiens ? » La Souris ne répondit pas, et Alice dit vivement : « Il y a tout près de chez nous un petit chien bien mignon que je voudrais vous montrer ! C'est un petit terrier aux yeux vifs, avec de longs poils bruns frisés ! Il rapporte très-bien ; il se tient sur ses deux pattes de derrière, et fait le beau pour avoir à manger. Enfin il fait tant de tours que j'en oublie plus de la moitié ! Il appartient à un fermier qui ne le donnerait pas pour mille francs, tant il lui est utile ; il tue tous les rats et aussi — Oh ! » reprit Alice d'un ton chagrin, « voilà que je vous ai encore offensée ! » En effet, la Souris s'éloignait en nageant de toutes ses forces, si bien que l'eau de la mare en était tout agitée.

Alice la rappela doucement : « Ma petite Souris ! Revenez, je vous en prie, nous ne parlerons plus ni de chien ni de chat, puisque vous ne les aimez pas ! »

À ces mots la Souris fit volte-face, et se rapprocha tout doucement ; elle était toute pâle (de colère, pensait Alice). La Souris dit d'une voix basse et tremblante : « Gagnons la rive, je vous conterai mon histoire, et vous verrez pourquoi je hais les chats et les chiens. »

Il était grand temps de s'en aller, car la mare se couvrait d'oiseaux et de toutes sortes d'animaux qui y étaient tombés. Il y avait un canard, un dodo, un lory, un aiglon, et d'autres bêtes extraordinaires. Alice prit les devants, et toute la troupe nagea vers la rive.

CHAPITRE III

La Course Cocasse

Ils formaient une assemblée bien grotesque ces êtres singuliers réunis sur le bord de la mare ; les uns avaient leurs plumes tout en désordre, les autres le poil plaqué contre le corps. Tous étaient trempés, de mauvaise humeur, et fort mal à l'aise.

« Comment faire pour nous sécher ? » ce fut la première question, cela va sans dire. Au bout de quelques instants, il sembla tout naturel à Alice de causer familièrement avec ces animaux, comme si elle les connaissait depuis son berceau. Elle eut même une longue discussion avec le Lory, qui, à la fin, lui fit la mine et lui dit d'un air boudeur : « Je suis plus âgé que vous, et je dois par conséquent en savoir plus long. » Alice ne voulut pas accepter cette conclusion avant de savoir l'âge du Lory, et comme celui-ci refusa tout net de le lui dire, cela mit un terme au débat.

Enfin la Souris, qui paraissait avoir un certain ascendant sur les autres, leur cria : « Asseyez-vous tous, et écoutez-moi ! Je vais bientôt vous faire sécher, je vous en réponds ! » Vite, tout le monde s'assit en rond autour de la Souris, sur qui Alice tenait les yeux fixés avec inquiétude, car elle se disait : « Je vais attraper un vilain rhume si je ne sèche pas bientôt. »

« Hum ! » fit la Souris d'un air d'importance ; « êtes-vous prêts ? Je ne sais rien de plus sec que ceci. Silence dans le cercle, je vous prie. « Guillaume le Conquérant, dont le pape avait embrassé le parti, soumit bientôt les Anglais, qui manquaient de chefs, et commençaient à s'accoutumer aux usurpations et aux conquêtes des étrangers. Edwin et Morcar, comtes de Mercie et de Northumbrie — » »

« Brrr, » fit le Lory, qui grelottait.

« Pardon, » demanda la Souris en fronçant le sourcil, mais fort poliment, « qu'avez-vous dit ? »

« Moi ! rien, » répliqua vivement le Lory.

« Ah ! je croyais, » dit la Souris. « Je continue. « Edwin et Morcar, comtes de Mercie et de Northumbrie, se déclarèrent en sa faveur, et Stigand, l'archevêque patriote de Cantorbery, trouva cela — » »

« Trouva quoi ? » dit le Canard.

« Il trouva cela, » répondit la Souris avec impatience. « Assurément vous savez ce que « cela » veut dire. »

« Je sais parfaitement ce que « cela » veut dire ; par exemple : quand moi j'ai trouvé cela bon ; « cela » veut dire un ver ou une grenouille, » ajouta le Canard. « Mais il s'agit de savoir ce que l'archevêque trouva. »

La Souris, sans prendre garde à cette question, se hâta de continuer. « « L'archevêque trouva cela de bonne politique d'aller avec Edgar Atheling à la rencontre de Guillaume, pour lui offrir la couronne. Guillaume, d'abord, fut bon prince ; mais l'insolence des vassaux normands — » Eh bien, comment cela va-t-il, mon enfant ? » ajouta-t-elle en se tournant vers Alice.

« Toujours aussi mouillée, » dit Alice tristement. « Je ne sèche que d'ennui. »

« Dans ce cas, » dit le Dodo avec emphase, se dressant sur ses pattes, « je propose l'ajournement, et l'adoption immédiate de mesures énergiques. »

« Parlez français, » dit l'Aiglon ; « je ne comprends pas la moitié de ces grands mots, et, qui plus est, je ne crois pas que vous les compreniez vous-même. » L'Aiglon baissa la tête pour cacher un sourire, et quelques-uns des autres oiseaux ricanèrent tout haut.

« J'allais proposer, » dit le Dodo d'un ton vexé, « une course cocasse ; c'est ce que nous pouvons faire de mieux pour nous sécher. »

« Qu'est-ce qu'une course cocasse ? » demanda Alice ; non qu'elle tînt beaucoup à le savoir, mais le Dodo avait fait une pause comme s'il s'attendait à être questionné par quelqu'un, et personne ne semblait disposé à prendre la parole.

« La meilleure manière de l'expliquer, » dit le Dodo, « c'est de le faire. » (Et comme vous pourriez bien, un de ces jours d'hiver, avoir envie de l'essayer, je vais vous dire comment le Dodo s'y prit.)

D'abord il traça un terrain de course, une espèce de cercle (« Du reste, » disait-il, « la forme n'y fait rien »), et les coureurs furent placés indifféremment çà et là sur le terrain. Personne ne cria, « Un, deux, trois, en avant ! » mais chacun partit et s'arrêta quand il voulut, de sorte qu'il n'était pas aisé de savoir quand la course finirait. Cependant, au bout d'une demi-heure, tout le monde étant sec, le Dodo cria tout à coup : « La course est finie ! » et les voilà tous haletants qui entourent le Dodo et lui demandent : « Qui a gagné ? »

Cette question donna bien à réfléchir au Dodo ; il resta longtemps assis, un doigt appuyé sur le front (pose ordinaire de Shakespeare dans ses portraits) ; tandis que les autres attendaient en silence. Enfin le Dodo dit : « Tout le monde a gagné, et tout le monde aura un prix. »

« Mais qui donnera les prix ? » demandèrent-ils tous à la fois.

« Elle, cela va sans dire, » répondit le Dodo, en montrant Alice du doigt, et toute la troupe l'entoura aussitôt en criant confusément : « Les prix ! Les prix ! »

Alice ne savait que faire ; pour sortir d'embarras elle mit la main dans sa poche et en tira une boîte de dragées (heureusement l'eau salée n'y avait pas pénétré) ; puis en donna une en prix à chacun ; il y en eut juste assez pour faire le tour.

« Mais il faut aussi qu'elle ait un prix, elle, » dit la Souris.

« Comme de raison, » reprit le Dodo gravement. « Avez-vous encore quelque chose dans votre poche ? » continua-t-il en se tournant vers Alice.

« Un dé ; pas autre chose, » dit Alice d'un ton chagrin.

« Faites passer, » dit le Dodo. Tous se groupèrent de nouveau autour d'Alice, tandis que le Dodo lui présentait solennellement le dé en disant : « Nous vous prions d'accepter ce superbe dé. » Lorsqu'il eut fini ce petit discours, tout le monde cria « Hourra ! »

Alice trouvait tout cela bien ridicule, mais les autres avaient l'air si grave, qu'elle n'osait pas rire ; aucune réponse ne lui venant à l'esprit, elle se contenta de faire la révérence, et prit le dé de son air le plus sérieux.

Il n'y avait plus maintenant qu'à manger les dragées ; ce qui ne se fit pas sans un peu de bruit et de désordre, car les gros oiseaux se plaignirent de n'y trouver aucun goût, et il fallut taper dans le dos des petits qui étranglaient. Enfin tout rentra dans le calme. On s'assit en rond autour de la Souris, et on la pria de raconter encore quelque chose.

« Vous m'avez promis de me raconter votre histoire, » dit Alice, « et de m'expliquer pourquoi vous détestez — les chats et les chiens, » ajouta-t-elle tout bas, craignant encore de déplaire.

La Souris, se tournant vers Alice, soupira et lui dit : « Mon histoire sera longue et traînante. »

« Tiens ! tout comme votre queue, » dit Alice, frappée de la ressemblance, et regardant avec étonnement la queue de la Souris tandis que celle-ci parlait. Les idées d'histoire et de queue longue et traînante se brouillaient dans l'esprit d'Alice à peu près de cette façon : — « Canichon dit à

la Souris, Qu'il
rencontra
dans le
logis :
« Je crois
le moment
fort propice

De te faire
aller en justice.
Je ne
doute pas
du succès
Que doit
avoir
notre procès.
Vite, allons,
commençons
l'affaire.
Ce matin
je n'ai rien
à faire. »
La Souris
dit à
Canichon :
« Sans juge
et sans
jurés,
mon bon ! »
Mais
Canichon
plein de
malice
Dit :
« C'est moi
qui suis
la justice,
Et, que
tu aies
raison
ou tort,
Je vais te
condamner
à mort. »

« Vous ne m'écoutez pas, » dit la Souris à Alice d'un air sévère. « À quoi pensez-vous donc ? »

« Pardon, » dit Alice humblement. « Vous en étiez au cinquième détour. »

« Détour ! » dit la Souris d'un ton sec. « Croyez-vous donc que je manque de véracité ? »

« Des vers à citer ? oh ! je puis vous en fournir quelques-uns ! » dit Alice, toujours prête à rendre service.

« On n'a pas besoin de vous, » dit la Souris. « C'est m'insulter que de dire de pareilles sottises. » Puis elle se leva pour s'en aller.

« Je n'avais pas l'intention de vous offenser, » dit Alice d'une voix conciliante. « Mais franchement vous êtes bien susceptible. »

La Souris grommela quelque chose entre ses dents et s'éloigna.

« Revenez, je vous en prie, finissez votre histoire, » lui cria Alice ; et tous les autres dirent en chœur : « Oui, nous vous en supplions. » Mais la Souris secouant la tête ne s'en alla que plus vite.

« Quel dommage qu'elle ne soit pas restée ! » dit en soupirant le Lory, sitôt que la Souris eut disparu.

Un vieux crabe, profitant de l'occasion, dit à son fils : « Mon enfant, que cela vous serve de leçon, et vous apprenne à ne vous emporter jamais ! »

« Taisez-vous donc, papa, » dit le jeune crabe d'un ton aigre. « Vous feriez perdre patience à une huître. »

« Ah ! si Dinah était ici, » dit Alice tout haut sans s'adresser à personne. « C'est elle qui l'aurait bientôt ramenée. »

« Et qui est Dinah, s'il n'y a pas d'indiscrétion à le demander ? » dit le Lory.

Alice répondit avec empressement, car elle était toujours prête à parler de sa favorite : « Dinah, c'est notre chatte. Si vous saviez comme elle attrape bien les souris ! Et si vous la voyiez courir après les oiseaux ; aussitôt vus, aussitôt croqués. »

Ces paroles produisirent un effet singulier sur l'assemblée. Quelques oiseaux s'enfuirent aussitôt ; une vieille pie s'enveloppant avec soin murmura : « Il faut vraiment que je rentre chez moi, l'air du soir ne vaut rien pour ma gorge ! » Et un canari cria à ses petits d'une voix tremblante : « Venez, mes enfants ; il est grand temps que vous vous mettiez au lit ! »

Enfin, sous un prétexte ou sous un autre, chacun s'esquiva, et Alice se trouva bientôt seule.

« Je voudrais bien n'avoir pas parlé de Dinah, » se dit-elle tristement. « Personne ne l'aime ici, et pourtant c'est la meilleure chatte du monde ! Oh ! chère Dinah, te reverrai-je jamais ? » Ici la pauvre Alice se reprit à pleurer ; elle se sentait seule, triste, et abattue.

Au bout de quelque temps elle entendit au loin un petit bruit de pas ; elle s'empressa de regarder, espérant que la Souris avait changé d'idée et revenait finir son histoire.

CHAPITRE IV

L' Habitation du Lapin Blanc

C'était le Lapin Blanc qui revenait en trottinant, et qui cherchait de tous côtés, d'un air inquiet, comme s'il avait perdu quelque chose ; Alice l'entendit qui marmottait : « La Duchesse ! La Duchesse ! Oh ! mes pauvres pattes ; oh ! ma robe et mes moustaches ! Elle me fera guillotiner aussi vrai que des furets sont des furets ! Où pourrais-je bien les avoir perdus ? » Alice devina tout de suite qu'il cherchait l'éventail et la paire de gants paille, et, comme elle avait bon cœur, elle se mit à les chercher aussi ; mais pas moyen de les trouver.

Du reste, depuis son bain dans la mare aux larmes, tout était changé : la salle, la table de verre, et la petite porte avaient complétement disparu.

Bientôt le Lapin aperçut Alice qui furetait ; il lui cria d'un ton d'impatience : « Eh bien ! Marianne, que faites-vous ici ? Courez vite à la maison me chercher une paire de gants et un éventail ! Allons, dépêchons-nous. »

Alice eut si grand' peur qu'elle se mit aussitôt à courir dans la direction qu'il indiquait, sans chercher à lui expliquer qu'il se trompait.

« Il m'a pris pour sa bonne, » se disait-elle en courant. « Comme il sera étonné quand il saura qui je suis ! Mais je ferai bien de lui porter ses gants et son éventail ; c'est-à-dire, si je les trouve. » Ce disant, elle arriva en face d'une petite maison, et vit sur la porte une plaque en cuivre avec ces mots, « JEAN LAPIN. » Elle monta l'escalier, entra sans frapper, tout en tremblant de rencontrer la vraie Marianne, et d'être mise à la porte avant d'avoir trouvé les gants et l'éventail.

« Que c'est drôle, » se dit Alice, « de faire des commissions pour un lapin ! Bientôt ce sera Dinah qui m'enverra en commission. » Elle se prit alors à imaginer comment les choses se passeraient. — « « Mademoiselle Alice, venez ici tout de suite vous apprêter pour la promenade. » « Dans l'instant, ma bonne ! Il faut d'abord que je veille sur ce trou jusqu'à ce que Dinah revienne, pour empêcher que la souris ne sorte. » Mais je ne pense pas, » continua Alice, « qu'on garderait Dinah à la maison si elle se mettait dans la tête de commander comme cela aux gens. »

Tout en causant ainsi, Alice était entrée dans une petite chambre bien rangée, et, comme elle s'y attendait, sur une petite table dans l'embrasure de la fenêtre, elle vit un éventail et deux ou trois paires de gants de chevreau tout petits. Elle en prit une paire, ainsi que l'éventail, et allait quitter la chambre lorsqu'elle aperçut, près du miroir, une petite bouteille. Cette fois il n'y avait pas l'inscription BUVEZ-MOI — ce qui n'empêcha pas Alice de la déboucher et de la porter à ses lèvres. « Il m'arrive toujours quelque chose d'intéressant, » se dit-elle, « lorsque je mange ou que je bois. Je vais voir un peu l'effet de cette bouteille. J'espère bien qu'elle me fera regrandir, car je suis vraiment fatiguée de n'être qu'une petite nabote ! »

C'est ce qui arriva en effet, et bien plus tôt qu'elle ne s'y attendait. Elle n'avait pas bu la moitié de la bouteille, que sa tête touchait au plafond et qu'elle fut forcée de se baisser pour ne pas se casser le cou. Elle remit bien vite la bouteille sur la table en se disant : « En voilà assez ; j'espère ne pas grandir davantage. Je ne puis déjà plus passer par la porte. Oh ! je voudrais bien n'avoir pas tant bu ! »

Hélas ! il était trop tard ; elle grandissait, grandissait, et eut bientôt à se mettre à genoux sur le plancher. Mais un instant après, il n'y avait même plus assez de place pour rester dans cette position, et elle essaya de se tenir étendue par terre, un coude contre la porte et l'autre bras passé autour de sa tête. Cependant, comme elle grandissait toujours, elle fut obligée, comme dernière ressource, de laisser pendre un de ses bras par la fenêtre et d'enfoncer un pied dans la cheminée en disant : « À présent c'est tout ce que je peux faire, quoi qu'il arrive. Que vais-je devenir ? »

Heureusement pour Alice, la petite bouteille magique avait alors produit tout son effet, et elle cessa de grandir. Cependant sa position était bien gênante, et comme il ne semblait pas y avoir la moindre chance qu'elle pût jamais sortir de cette chambre, il n'y a pas à s'étonner qu'elle se trouvât bien malheureuse.

« C'était bien plus agréable chez nous, » pensa la pauvre enfant. « Là du moins je ne passais pas mon temps à grandir et à rapetisser, et je n'étais pas la domestique des lapins et des souris. Je voudrais bien n'être jamais descendue dans ce terrier ; et pourtant c'est assez drôle cette manière de vivre ! Je suis curieuse de savoir ce que c'est qui m'est arrivé. Autrefois, quand je lisais des contes de fées, je m'imaginais que rien de tout cela ne pouvait être, et maintenant me voilà en pleine féerie. On devrait faire un livre sur mes aventures ; il y aurait de quoi ! Quand je serai grande j'en ferai un, moi. — Mais je suis déjà bien grande ! » dit-elle tristement. « Dans tous les cas, il n'y a plus de place ici pour grandir davantage. »

« Mais alors, » pensa Alice, « ne serai-je donc jamais plus vieille que je ne le suis maintenant ? D'un côté cela aura ses avantages, ne jamais être une vieille femme. Mais alors avoir toujours des leçons à apprendre ! Oh, je n'aimerais pas cela du tout. »

« Oh ! Alice, petite folle, » se répondit-elle. « Comment pourriez-vous apprendre des leçons ici ? Il y a à peine de la place pour vous, et il n'y en a pas du tout pour vos livres de leçons. »

Et elle continua ainsi, faisant tantôt les demandes et tantôt les réponses, et établissant sur ce sujet toute une conversation ; mais au bout de quelques instants elle entendit une voix au dehors, et s'arrêta pour écouter.

« Marianne ! Marianne ! » criait la voix ; « allez chercher mes gants bien vite ! » Puis Alice entendit des piétinements dans l'escalier. Elle savait que c'était le Lapin qui la cherchait ; elle trembla si fort qu'elle en ébranla la maison, oubliant que maintenant elle était mille fois plus grande que le Lapin, et n'avait rien à craindre de lui.

Le Lapin, arrivé à la porte, essaya de l'ouvrir ; mais, comme elle s'ouvrait en dedans et que le coude d'Alice était fortement appuyé contre la porte, la tentative fut vaine. Alice entendit le Lapin qui murmurait : « C'est bon, je vais faire le tour et j'entrerai par la fenêtre. »

« Je t'en défie ! » pensa Alice. Elle attendit un peu ; puis, quand elle crut que le Lapin était sous la fenêtre, elle étendit le bras tout à coup pour le saisir ; elle ne prit que du vent. Mais elle entendit un petit cri, puis le bruit d'une chute et de vitres cassées (ce qui lui fit penser que le Lapin était tombé sur les châssis de quelque serre à concombre), puis une voix colère, celle du Lapin : « Patrice ! Patrice ! où es-tu ? » Une voix qu'elle ne connaissait pas répondit : « Me v'là, not' maître ! J'bêchons la terre pour trouver des pommes ! »

« Pour trouver des pommes ! » dit le Lapin furieux. « Viens m'aider à me tirer d'ici. » (Nouveau bruit de vitres cassées.)

« Dis-moi un peu, Patrice, qu'est-ce qu'il y a là à la fenêtre ? »

« Ça, not' maître, c'est un bras. »

« Un bras, imbécile ! Qui a jamais vu un bras de cette dimension ? Ça bouche toute la fenêtre. »

« Bien sûr, not' maître, mais c'est un bras tout de même. »

« Dans tous les cas il n'a rien à faire ici. Enlève-moi ça bien vite. »

Il se fit un long silence, et Alice n'entendait plus que des chuchotements de temps à autre, comme : « Maître, j'osons point. » — « Fais ce que je te dis, capon ! » Alice étendit le bras de nouveau comme pour agripper quelque chose ; cette fois il y eut deux petits cris et encore un bruit de vitres cassées. « Que de châssis il doit y avoir là ! » pensa Alice. « Je me demande ce qu'ils vont faire à présent. Quant à me retirer par la fenêtre, je le souhaite de tout mon cœur, car je n'ai pas la moindre envie de rester ici plus longtemps ! »

Il se fit quelques instants de silence. À la fin, Alice entendit un bruit de petites roues, puis le son d'un grand nombre de voix ; elle distingua ces mots : « Où est l'autre échelle ? — Je n'avais point qu'à en apporter une ; c'est Jacques qui a l'autre. — Allons, Jacques, apporte ici, mon garçon ! — Dressez-les là au coin. — Non, attachez-les d'abord l'une au bout de l'autre. — Elles ne vont pas encore moitié assez haut. — Ça fera l'affaire ; ne soyez pas si difficile. — Tiens, Jacques, attrape ce bout de corde. — Le toit portera-t-il bien ? — Attention à cette tuile qui ne tient pas. — Bon ! la voilà qui dégringole. Gare les têtes ! » (Il se fit un grand fracas.) « Qui a fait cela ? — Je crois bien que c'est Jacques. — Qui est-ce qui va descendre par la cheminée ? — Pas moi, bien sûr ! Allez-y, vous. — Non pas, vraiment. — C'est à vous, Jacques, à descendre. — Hohé, Jacques, not' maître dit qu'il faut que tu descendes par la cheminée ! »

« Ah ! » se dit Alice, « c'est donc Jacques qui va descendre. Il paraît qu'on met tout sur le dos de Jacques. Je ne voudrais pas pour beaucoup être Jacques. Ce foyer est étroit certainement, mais je crois bien que je pourrai tout de même lui lancer un coup de pied. »

Elle retira son pied aussi bas que possible, et ne bougea plus jusqu'à ce qu'elle entendît le bruit d'un petit animal (elle ne pouvait deviner de quelle espèce) qui grattait et cherchait à descendre dans la cheminée, juste au-dessus d'elle ; alors se disant : « Voilà Jacques sans doute, » elle lança un bon coup de pied, et attendit pour voir ce qui allait arriver.

La première chose qu'elle entendit fut un cri général de : « Tiens, voilà Jacques en l'air ! » Puis la voix du Lapin, qui criait : « Attrapez-le, vous là-bas, près de la haie ! » Puis un long silence ; ensuite un mélange confus de voix : « Soutenez-lui la tête. — De l'eau-de-vie maintenant. — Ne le faites pas engouer. — Qu'est-ce donc, vieux camarade ? — Que t'est-il arrivé ? Raconte-nous ça ! »

Enfin une petite voix faible et flûtée se fit entendre. (« C'est la voix de Jacques, » pensa Alice.) « Je n'en sais vraiment rien. Merci, c'est assez ; je me sens mieux maintenant ; mais je suis encore trop bouleversé pour vous conter la chose. Tout ce que je sais, c'est que j'ai été poussé comme par un ressort, et que je suis parti en l'air comme une fusée. »

« Ça, c'est vrai, vieux camarade, » disaient les autres.

« Il faut mettre le feu à la maison, » dit le Lapin.

Alors Alice cria de toutes ses forces : « Si vous osez faire cela, j'envoie Dinah à votre poursuite. »

Il se fit tout à coup un silence de mort. « Que vont-ils faire à présent ? » pensa Alice. « S'ils avaient un peu d'esprit, ils enlèveraient le toit. » Quelques

minutes après, les allées et venues recommencèrent, et Alice entendit le Lapin, qui disait : « Une brouettée d'abord, ça suffira. »

« Une brouettée de quoi ? » pensa Alice. Il ne lui resta bientôt plus de
doute, car, un instant après, une grêle de petits cailloux vint battre contre
la fenêtre, et quelques-uns même l'atteignirent au visage. « Je vais bientôt
mettre fin à cela, » se dit-elle ; puis elle cria : « Vous ferez bien de ne pas recommencer. » Ce qui produisit encore un profond silence.

Alice remarqua, avec quelque surprise, qu'en tombant sur le plancher les
cailloux se changeaient en petits gâteaux, et une brillante idée lui traversa
l'esprit. « Si je mange un de ces gâteaux, » pensa-t-elle, « cela ne manquera
pas de me faire ou grandir ou rapetisser ; or, je ne puis plus grandir, c'est impossible, donc je rapetisserai ! »

Elle avala un des gâteaux, et s'aperçut avec joie qu'elle diminuait rapidement. Aussitôt qu'elle fut assez petite pour passer par la porte, elle s'échappa
de la maison, et trouva toute une foule d'oiseaux et d'autres petits animaux
qui attendaient dehors. Le pauvre petit lézard, Jacques, était au milieu d'eux,
soutenu par des cochons d'Inde, qui le faisaient boire à une bouteille. Tous
se précipitèrent sur Alice aussitôt qu'elle parut ; mais elle se mit à courir de
toutes ses forces, et se trouva bientôt en sûreté dans un bois touffu.

« La première chose que j'aie à faire, » dit Alice en errant çà et là dans les
bois, « c'est de revenir à ma première grandeur ; la seconde, de chercher un
chemin qui me conduise dans ce ravissant jardin. C'est là, je crois, ce que j'ai
de mieux à faire ! »

En effet c'était un plan de campagne excellent, très-simple et très-habile-
ment combiné. Toute la difficulté était de savoir comment s'y prendre pour
l'exécuter. Tandis qu'elle regardait en tapinois et avec précaution à travers les
arbres, un petit aboiement sec, juste au-dessus de sa tête, lui fit tout à coup
lever les yeux.

Un jeune chien (qui lui parut énorme) la regardait avec de grands yeux
ronds, et étendait légèrement la patte pour tâcher de la toucher. « Pauvre petit
! » dit Alice d'une voix caressante et essayant de siffler. Elle avait une peur
terrible cependant, car elle pensait qu'il pouvait bien avoir faim, et que dans
ce cas il était probable qu'il la mangerait, en dépit de toutes ses câlineries.

Sans trop savoir ce qu'elle faisait, elle ramassa une petite baguette et la
présenta au petit chien qui bondit des quatre pattes à la fois, aboyant de joie,
et se jeta sur le bâton comme pour jouer avec. Alice passa de l'autre côté d'un
gros chardon pour n'être pas foulée aux pieds. Sitôt qu'elle reparut, le petit
chien se précipita de nouveau sur le bâton, et, dans son empressement de
le saisir, butta et fit une cabriole. Mais Alice, trouvant que cela ressemblait
beaucoup à une partie qu'elle ferait avec un cheval de charrette, et craignant à

chaque instant d'être écrasée par le chien, se remit à tourner autour du chardon. Alors le petit chien fit une série de charges contre le bâton. Il avançait
un peu chaque fois, puis reculait bien loin en faisant des aboiements rauques
; puis enfin il se coucha à une grande distance de là, tout haletant, la langue
pendante, et ses grands yeux à moitié fermés.

Alice jugea que le moment était venu de s'échapper. Elle prit sa course
aussitôt, et ne s'arrêta que lorsqu'elle se sentit fatiguée et hors d'haleine, et
qu'elle n'entendit plus que faiblement dans le lointain les aboiements du petit
chien.

« C'était pourtant un bien joli petit chien, » dit Alice, en s'appuyant sur un
bouton d'or pour se reposer, et en s'éventant avec une des feuilles de la plante.
« Je lui aurais volontiers enseigné tout plein de jolis tours si — si j'avais été
assez grande pour cela ! Oh ! mais j'oubliais que j'avais encore à grandir ! Voyons. Comment faire ? Je devrais sans doute boire ou manger quelque chose ;
mais quoi ? Voilà la grande question. »

En effet, la grande question était bien de savoir quoi ? Alice regarda tout
autour d'elle les fleurs et les brins d'herbes ; mais elle ne vit rien qui lui parût
bon à boire ou à manger dans les circonstances présentes.

Près d'elle poussait un large champignon, à peu près haut comme elle.
Lorsqu'elle l'eut examiné par-dessous, d'un côté et de l'autre, par-devant et
par-derrière, l'idée lui vint qu'elle ferait bien de regarder ce qu'il y avait dessus.

Elle se dressa sur la pointe des pieds, et, glissant les yeux par-dessus le
bord du champignon, ses regards rencontrèrent ceux d'une grosse chenille
bleue assise au sommet, les bras croisés, fumant tranquillement une longue
pipe turque sans faire la moindre attention à elle ni à quoi que ce fût.

CHAPITRE V

Conseils D'une Chenille

La Chenille et Alice se considérèrent un instant en silence. Enfin la Chenille sortit le houka de sa bouche, et lui adressa la parole d'une voix endormie et traînante.

« Qui êtes-vous ? » dit la Chenille. Ce n'était pas là une manière encourageante d'entamer la conversation. Alice répondit, un peu confuse : « Je — je le sais à peine moi-même quant à présent. Je sais bien ce que j'étais en me levant ce matin, mais je crois avoir changé plusieurs fois depuis. »

« Qu'entendez-vous par là ? » dit la Chenille d'un ton sévère. « Expliquez-vous. »

« Je crains bien de ne pouvoir pas m'expliquer, » dit Alice, « car, voyez-vous, je ne suis plus moi-même. »

« Je ne vois pas du tout, » répondit la Chenille.

« J'ai bien peur de ne pouvoir pas dire les choses plus clairement, » répliqua Alice fort poliment ; « car d'abord je n'y comprends rien moi-même. Grandir et rapetisser si souvent en un seul jour, cela embrouille un peu les idées. »

« Pas du tout, » dit la Chenille.

« Peut-être ne vous en êtes-vous pas encore aperçue, » dit Alice. « Mais quand vous deviendrez chrysalide, car c'est ce qui vous arrivera, sachez-le bien, et ensuite papillon, je crois bien que vous vous sentirez un peu drôle, qu'en dites-vous ? »

« Pas du tout, » dit la Chenille.

« Vos sensations sont peut-être différentes des miennes, » dit Alice. « Tout ce que je sais, c'est que cela me semblerait bien drôle à moi. »

« À vous ! » dit la Chenille d'un ton de mépris. « Qui êtes-vous ? »

Cette question les ramena au commencement de la conversation.

Alice, un peu irritée du parler bref de la Chenille, se redressa de toute sa hauteur et répondit bien gravement : « Il me semble que vous devriez d'abord me dire qui vous êtes vous-même. »

« Pourquoi ? » dit la Chenille.

C'était encore là une question bien embarrassante ; et comme Alice ne trouvait pas de bonne raison à donner, et que la Chenille avait l'air de très-mauvaise humeur, Alice lui tourna le dos et s'éloigna.

« Revenez, » lui cria la Chenille. « J'ai quelque chose d'important à vous dire ! »

L'invitation était engageante assurément ; Alice revint sur ses pas.

« Ne vous emportez pas, » dit la Chenille.

« Est-ce tout ? » dit Alice, cherchant à retenir sa colère.

« Non, » répondit la Chenille.

Alice pensa qu'elle ferait tout aussi bien d'attendre, et qu'après tout la Chenille lui dirait peut-être quelque chose de bon à savoir. La Chenille continua de fumer pendant quelques minutes sans rien dire. Puis, retirant enfin la pipe de sa bouche, elle se croisa les bras et dit : « Ainsi vous vous figurez que vous êtes changée, hein ? »

« Je le crains bien, » dit Alice. « Je ne peux plus me souvenir des choses comme autrefois, et je ne reste pas dix minutes de suite de la même grandeur ! »

« De quoi est-ce que vous ne pouvez pas vous souvenir ? » dit la Chenille.

« J'ai essayé de réciter la fable de Maître Corbeau, mais ce n'était plus la même chose, » répondit Alice d'un ton chagrin.

« Récitez : « Vous êtes vieux, Père Guillaume, » » dit la Chenille.

Alice croisa les mains et commença :
« Vous êtes vieux, Père Guillaume.
Vous avez des cheveux tout gris...
La tête en bas ! Père Guillaume ;
À votre âge, c'est peu permis !

— Étant jeune, pour ma cervelle
Je craignais fort, mon cher enfant ;
Je n'en ai plus une parcelle,
J'en suis bien certain maintenant.

— Vous êtes vieux, je vous l'ai dit,
Mais comment donc par cette porte,
Vous, dont la taille est comme un muid !
Cabriolez-vous de la sorte ?

— Étant jeune, mon cher enfant,

J'avais chaque jointure bonne ;
Je me frottais de cet onguent ;
Si vous payez je vous en donne.

— Vous êtes vieux, et vous mangez
Les os comme de la bouillie ;
Et jamais rien ne me laissez.
Comment faites-vous, je vous prie ?

— Étant jeune, je disputais
Tous les jours avec votre mère ;
C'est ainsi que je me suis fait
Un si puissant os maxillaire.

— Vous êtes vieux, par quelle adresse
Tenez-vous debout sur le nez
Une anguille qui se redresse
Droit comme un I quand vous sifflez ?

— Cette question est trop sotte !
Cessez de babiller ainsi,
Ou je vais, du bout de ma botte,
Vous envoyer bien loin d'ici. »

« Ce n'est pas cela, » dit la Chenille.

« Pas tout à fait, je le crains bien, » dit Alice timidement. « Tous les mots ne sont pas les mêmes. »

« C'est tout de travers d'un bout à l'autre, » dit la Chenille d'un ton décidé ; et il se fit un silence de quelques minutes.

La Chenille fut la première à reprendre la parole.

« De quelle grandeur voulez-vous être ? » demanda-t-elle.

« Oh ! je ne suis pas difficile, quant à la taille, » reprit vivement Alice. « Mais vous comprenez bien qu'on n'aime pas à en changer si souvent. »

« Je ne comprends pas du tout, » dit la Chenille.

Alice se tut ; elle n'avait jamais de sa vie été si souvent contredite, et elle sentait qu'elle allait perdre patience.

« Êtes-vous satisfaite maintenant ? » dit la Chenille.

« J'aimerais bien à être un petit peu plus grande, si cela vous était égal, » dit Alice. « Trois pouces de haut, c'est si peu ! »

« C'est une très-belle taille, » dit la Chenille en colère, se dressant de toute sa hauteur. (Elle avait tout juste trois pouces de haut.)

« Mais je n'y suis pas habituée, » répliqua Alice d'un ton piteux, et elle fit cette réflexion : « Je voudrais bien que ces gens-là ne fussent pas si susceptibles. »

« Vous finirez par vous y habituer, » dit la Chenille. Elle remit la pipe à sa bouche, et fuma de plus belle.

Cette fois Alice attendit patiemment qu'elle se décidât à parler. Au bout de deux ou trois minutes la Chenille sortit le houka de sa bouche, bâilla une ou deux fois et se secoua ; puis elle descendit de dessus le champignon, glissa dans le gazon, et dit tout simplement en s'en allant : « Un côté vous fera grandir, et l'autre vous fera rapetisser. »

« Un côté de quoi, l'autre côté de quoi ? » pensa Alice.

« Du champignon, » dit la Chenille, comme si Alice avait parlé tout haut ; et un moment après la Chenille avait disparu.

Alice contempla le champignon d'un air pensif pendant un instant, essayant de deviner quels en étaient les côtés ; et comme le champignon était tout rond, elle trouva la question fort embarrassante. Enfin elle étendit ses bras tout autour, en les allongeant autant que possible, et, de chaque main, enleva une petite partie du bord du champignon.

« Maintenant, lequel des deux ? » se dit-elle, et elle grignota un peu du morceau de la main droite pour voir quel effet il produirait. Presque aussitôt elle reçut un coup violent sous le menton ; il venait de frapper contre son pied.

Ce brusque changement lui fit grand' peur, mais elle comprit qu'il n'y avait pas de temps à perdre, car elle diminuait rapidement. Elle se mit donc bien vite à manger un peu de l'autre morceau. Son menton était si rapproché de son pied qu'il y avait à peine assez de place pour qu'elle pût ouvrir la bouche. Elle y réussit enfin, et parvint à avaler une partie du morceau de la main gauche.

*****

« Voilà enfin ma tête libre, » dit Alice d'un ton joyeux qui se changea bientôt en cris d'épouvante, quand elle s'aperçut de l'absence de ses épaules. Tout ce qu'elle pouvait voir en regardant en bas, c'était un cou long à n'en plus finir qui semblait se dresser comme une tige, du milieu d'un océan de verdure s'étendant bien loin au-dessous d'elle,

« Qu'est-ce que c'est que toute cette verdure ? » dit Alice. « Et où donc sont mes épaules ? Oh ! mes pauvres mains ! Comment se fait-il que je ne puis vous voir ? » Tout en parlant elle agitait les mains, mais il n'en résulta qu'un petit mouvement au loin parmi les feuilles vertes.

Comme elle ne trouvait pas le moyen de porter ses mains à sa tête, elle tâcha de porter sa tête à ses mains, et s'aperçut avec joie que son cou se repliait avec aisance de tous côtés comme un serpent. Elle venait de réussir à le plier en un gracieux zigzag, et allait plonger parmi les feuilles, qui étaient tout simplement le haut des arbres sous lesquels elle avait erré, quand un sifflement aigu la força de reculer promptement ; un gros pigeon venait de lui voler à la figure, et lui donnait de grands coups d'ailes.

« Serpent ! » criait le Pigeon.

« Je ne suis pas un serpent, » dit Alice, avec indignation. « Laissez-moi tranquille. »

« Serpent ! Je le répète, » dit le Pigeon, mais d'un ton plus doux ; puis il continua avec une espèce de sanglot : « J'ai essayé de toutes les façons, rien ne semble les satisfaire. »

« Je n'ai pas la moindre idée de ce que vous voulez dire, » répondit Alice.

« J'ai essayé des racines d'arbres ; j'ai essayé des talus ; j'ai essayé des haies, » continua le Pigeon sans faire attention à elle. « Mais ces serpents ! il n'y a pas moyen de les satisfaire. »

Alice était de plus en plus intriguée, mais elle pensa que ce n'était pas la peine de rien dire avant que le Pigeon eût fini de parler.

« Je n'ai donc pas assez de mal à couver mes œufs, » dit le Pigeon. « Il faut encore que je guette les serpents nuit et jour. Je n'ai pas fermé l'œil depuis trois semaines ! »

« Je suis fâchée que vous ayez été tourmenté, » dit Alice, qui commençait à comprendre.

« Au moment où je venais de choisir l'arbre le plus haut de la forêt, » continua le Pigeon en élevant la voix jusqu'à crier, — « au moment où je me figurais que j'allais en être enfin débarrassé, les voilà qui tombent du ciel « en replis tortueux. » Oh ! le vilain serpent ! »

« Mais je ne suis pas un serpent, » dit Alice. « Je suis une — Je suis — »

« Eh bien ! qu'êtes-vous ! » dit le Pigeon « Je vois que vous cherchez à inventer quelque chose. »

« Je — je suis une petite fille, » répondit Alice avec quelque hésitation, car elle se rappelait combien de changements elle avait éprouvés ce jour-là.

« Voilà une histoire bien vraisemblable ! » dit le Pigeon d'un air de profond mépris. « J'ai vu bien des petites filles dans mon temps, mais je n'en ai jamais vu avec un cou comme cela. Non, non ; vous êtes un serpent ; il est inutile de le nier. Vous allez sans doute me dire que vous n'avez jamais mangé d'œufs. »

« Si fait, j'ai mangé des œufs, » dit Alice, qui ne savait pas mentir ; « mais vous savez que les petites filles mangent des œufs aussi bien que les serpents.

»

« Je n'en crois rien, » dit le Pigeon, « mais s'il en est ainsi, elles sont une espèce de serpent ; c'est tout ce que j'ai à vous dire. »

Cette idée était si nouvelle pour Alice qu'elle resta muette pendant une ou deux minutes, ce qui donna au Pigeon le temps d'ajouter : « Vous cherchez des œufs, ça j'en suis bien sûr, et alors que m'importe que vous soyez une petite fille ou un serpent ? »

« Cela m'importe beaucoup à moi, » dit Alice vivement ; « mais je ne cherche pas d'œufs justement, et quand même j'en chercherais je ne voudrais pas des vôtres ; je ne les aime pas crus. »

« Eh bien ! allez-vous-en alors, » dit le Pigeon d'un ton boudeur en se remettant dans son nid. Alice se glissa parmi les arbres du mieux qu'elle put en se baissant, car son cou s'entortillait dans les branches, et à chaque instant il lui fallait s'arrêter et le désentortiller. Au bout de quelque temps, elle se rappela qu'elle tenait encore dans ses mains les morceaux de champignon, et elle se mit à l'œuvre avec grand soin, grignotant tantôt l'un, tantôt l'autre, et tantôt grandissant, tantôt rapetissant, jusqu'à ce qu'enfin elle parvint à se ramener à sa grandeur naturelle.

Il y avait si longtemps qu'elle n'avait été d'une taille raisonnable que cela lui parut d'abord tout drôle, mais elle finit par s'y accoutumer, et commença à se parler à elle-même, comme d'habitude. « Allons, voilà maintenant la moitié de mon projet exécuté. Comme tous ces changements sont embarrassants ! Je ne suis jamais sûre de ce que je vais devenir d'une minute à l'autre. Toutefois, je suis redevenue de la bonne grandeur ; il me reste maintenant à pénétrer dans ce magnifique jardin. Comment faire ? » En disant ces mots elle arriva tout à coup à une clairière, où se trouvait une maison d'environ quatre pieds de haut. « Quels que soient les gens qui demeurent là, » pensa Alice, « il ne serait pas raisonnable de se présenter à eux grande comme je suis. Ils deviendraient fous de frayeur. » Elle se mit de nouveau à grignoter le morceau qu'elle tenait dans sa main droite, et ne s'aventura pas près de la maison avant d'avoir réduit sa taille à neuf pouces.

CHAPITRE VI

PORC ET POIVRE

Alice resta une ou deux minutes à regarder à la porte ; elle se demandait ce qu'il fallait faire, quand tout à coup un laquais en livrée sortit du bois en courant. (Elle le prit pour un laquais à cause de sa livrée ; sans cela, à n'en juger que par la figure, elle l'aurait pris pour un poisson.) Il frappa fortement avec son doigt à la porte. Elle fut ouverte par un autre laquais en livrée qui avait la face toute ronde et de gros yeux comme une grenouille. Alice remarqua que les deux laquais avaient les cheveux poudrés et tout frisés. Elle se sentit piquée de curiosité, et, voulant savoir ce que tout cela signifiait, elle se glissa un peu en dehors du bois afin d'écouter.

Le Laquais-Poisson prit de dessous son bras une lettre énorme, presque aussi grande que lui, et la présenta au Laquais-Grenouille en disant d'un ton solennel : « Pour Madame la Duchesse, une invitation de la Reine à une partie de croquet. » Le Laquais-Grenouille répéta sur le même ton solennel, en changeant un peu l'ordre des mots : « De la part de la Reine une invitation pour Madame la Duchesse à une partie de croquet ; » puis tous deux se firent un profond salut et les boucles de leurs chevelures s'entremêlèrent.

Cela fit tellement rire Alice qu'elle eut à rentrer bien vite dans le bois de peur d'être entendue ; et quand elle avança la tête pour regarder de nouveau, le Laquais-Poisson était parti, et l'autre était assis par terre près de la route, regardant niaisement en l'air.

Alice s'approcha timidement de la porte et frappa.

« Cela ne sert à rien du tout de frapper, » dit le Laquais, « et cela pour deux raisons : premièrement, parce que je suis du même côté de la porte que vous ; deuxièmement, parce qu'on fait là-dedans un tel bruit que personne ne peut vous entendre. » En effet, il se faisait dans l'intérieur un bruit extraordinaire, des hurlements et des éternuements continuels, et de temps à autre un grand fracas comme si on brisait de la vaisselle.

« Eh bien ! comment puis-je entrer, s'il vous plaît ? » demanda Alice.

« Il y aurait quelque bon sens à frapper à cette porte, » continua le Laquais sans l'écouter, « si nous avions la porte entre nous deux. Par exemple, si vous étiez à l'intérieur vous pourriez frapper et je pourrais vous laisser sortir. » Il regardait en l'air tout le temps qu'il parlait, et Alice trouvait cela très-impoli. « Mais peut-être ne peut-il pas s'en empêcher, » dit-elle ; « il a les yeux presque sur le sommet de la tête. Dans tous les cas il pourrait bien répondre à mes questions. — Comment faire pour entrer ? » répéta-t-elle tout haut.

« Je vais rester assis ici, » dit le Laquais, « jusqu'à demain — »

Au même instant la porte de la maison s'ouvrit, et une grande assiette vola tout droit dans la direction de la tête du Laquais ; elle lui effleura le nez, et alla se briser contre un arbre derrière lui.

« — ou le jour suivant peut-être, » continua le Laquais sur le même ton, tout comme si rien n'était arrivé.

« Comment faire pour entrer ? » redemanda Alice en élevant la voix.

« Mais devriez-vous entrer ? » dit le Laquais. « C'est ce qu'il faut se demander, n'est-ce pas ? »

Bien certainement, mais Alice trouva mauvais qu'on le lui dît. « C'est vraiment terrible, » murmura-t-elle, « de voir la manière dont ces gens-là discutent, il y a de quoi rendre fou. »

Le Laquais trouva l'occasion bonne pour répéter son observation avec des variantes. « Je resterai assis ici, » dit-il, « l'un dans l'autre, pendant des jours et des jours ! »

« Mais que faut-il que je fasse ? » dit Alice.

« Tout ce que vous voudrez, » dit le Laquais ; et il se mit à siffler.

« Oh ! ce n'est pas la peine de lui parler, »

dit Alice, désespérée ; « c'est un parfait idiot. » Puis elle ouvrit la porte et entra.

La porte donnait sur une grande cuisine qui était pleine de fumée d'un bout à l'autre. La Duchesse était assise sur un tabouret à trois pieds, au milieu de la cuisine, et dorlotait un bébé ; la cuisinière, penchée sur le feu, brassait quelque chose dans un grand chaudron qui paraissait rempli de soupe.

« Bien sûr, il y a trop de poivre dans la soupe, » se dit Alice, tout empêchée par les éternuements.

Il y en avait certainement trop dans l'air. La Duchesse elle-même éternuait de temps en temps, et quant au bébé il éternuait et hurlait alternativement sans aucune interruption. Les deux seules créatures qui n'éternuassent pas, étaient la cuisinière et un gros chat assis sur l'âtre et dont la bouche grimaçante était fendue d'une oreille à l'autre.

« Pourriez-vous m'apprendre, » dit Alice un peu timidement, car elle ne savait pas s'il était bien convenable qu'elle parlât la première, « pourquoi votre chat grimace ainsi ? »

« C'est un Grimaçon, » dit la Duchesse ; « voilà pourquoi. — Porc ! »

Elle prononça ce dernier mot si fort et si subitement qu'Alice en frémit. Mais elle comprit bientôt que cela s'adressait au bébé et non pas à elle ; elle reprit donc courage et continua :

« J'ignorais qu'il y eût des chats de cette espèce. Au fait j'ignorais qu'un chat pût grimacer. »

« Ils le peuvent tous, » dit la Duchesse ; « et la plupart le font. »

« Je n'en connais pas un qui grimace, » dit Alice poliment, bien contente d'être entrée en conversation.

« Le fait est que vous ne savez pas grand'chose, » dit la Duchesse.

Le ton sur lequel fut faite cette observation ne plut pas du tout à Alice, et elle pensa qu'il serait bon de changer la conversation. Tandis qu'elle cherchait un autre sujet, la cuisinière retira de dessus le feu le chaudron plein de soupe, et se mit aussitôt à jeter tout ce qui lui tomba sous la main à la Duchesse et au bébé — la pelle et les pincettes d'abord, à leur suite vint une pluie de casseroles, d'assiettes et de plats. La Duchesse n'y faisait pas la moindre attention, même quand elle en était atteinte, et l'enfant hurlait déjà si fort auparavant qu'il était impossible de savoir si les coups lui faisaient mal ou non.

« Oh ! je vous en prie, prenez garde à ce que vous faites, » criait Alice, sautant ça et là et en proie à la terreur. « Oh ! son cher petit nez ! » Une casserole d'une grandeur peu ordinaire venait de voler tout près du bébé, et avait failli lui emporter le nez.

« Si chacun s'occupait de ses affaires, » dit la Duchesse avec un grognement rauque, « le monde n'en irait que mieux. »

« Ce qui ne serait guère avantageux, » dit Alice, enchantée qu'il se présentât une occasion de montrer un peu de son savoir. « Songez à ce que deviendraient le jour et la nuit ; vous voyez bien, la terre met vingt-quatre heures à faire sa révolution. »

« Ah ! vous parlez de faire des révolutions ! » dit la Duchesse. « Qu'on lui coupe la tête ! »

Alice jeta un regard inquiet sur la cuisinière pour voir si elle allait obéir ; mais la cuisinière était tout occupée à brasser la soupe et paraissait ne pas écouter. Alice continua donc : « Vingt-quatre heures, je crois, ou bien douze ? Je pense — »

« Oh ! laissez-moi la paix, » dit la Duchesse, « je n'ai jamais pu souffrir les chiffres. » Et là-dessus elle recommença à dorloter son enfant, lui chantant une espèce de chanson pour l'endormir et lui donnant une forte secousse au bout de chaque vers.

« Grondez-moi ce vilain garçon !
Battez-le quand il éternue ;
À vous taquiner, sans façon
Le méchant enfant s'évertue. »

Refrain
(que reprirent en chœur la cuisinière et le bébé).
« Brou, Brou, Brou ! » (bis.)

En chantant le second couplet de la chanson la Duchesse faisait sauter le bébé et le secouait violemment, si bien que le pauvre petit être hurlait au point qu'Alice put à peine entendre ces mots :

« Oui, oui, je m'en vais le gronder,
Et le battre, s'il éternue ;
Car bientôt à savoir poivrer,
Je veux que l'enfant s'habitue. »

Refrain.
« Brou, Brou, Brou ! » (bis.)

« Tenez, vous pouvez le dorloter si vous voulez ! » dit la Duchesse à Alice : et à ces mots elle lui jeta le bébé. « Il faut que j'aille m'apprêter pour aller jouer au croquet avec la Reine. » Et elle se précipita hors de la chambre. La cuisinière lui lança une poêle comme elle s'en allait, mais elle la manqua tout juste.

Alice eut de la peine à attraper le bébé. C'était un petit être d'une forme étrange qui tenait ses bras et ses jambes étendus dans toutes les directions ; « Tout comme une étoile de mer, » pensait Alice. La pauvre petite créature ronflait comme une machine à vapeur lorsqu'elle l'attrapa, et ne cessait de se plier en deux, puis de s'étendre tout droit, de sorte qu'avec tout cela, pendant les premiers instants, c'est tout ce qu'elle pouvait faire que de le tenir.

Sitôt qu'elle eut trouvé le bon moyen de le bercer, (qui était d'en faire une espèce de nœud, et puis de le tenir fermement par l'oreille droite et le pied gauche afin de l'empêcher de se dénouer,) elle le porta dehors en plein air. « Si je n'emporte pas cet enfant avec moi, » pensa Alice, « ils le tueront bien sûr un de ces jours. Ne serait-ce pas un meurtre de l'abandonner ? » Elle dit ces derniers mots à haute voix, et la petite créature répondit en grognant (elle avait cessé d'éternuer alors). « Ne grogne pas ainsi, » dit Alice ; « ce n'est pas là du tout une bonne manière de s'exprimer. »

Le bébé grogna de nouveau. Alice le regarda au visage avec inquiétude pour voir ce qu'il avait. Sans contredit son nez était très-retroussé, et ressemblait bien plutôt à un groin qu'à un vrai nez. Ses yeux aussi devenaient très-petits pour un bébé. Enfin Alice ne trouva pas du tout de son goût l'aspect de ce petit être. « Mais peut-être sanglotait-il tout simplement, » pensa-t-elle, et elle regarda de nouveau les yeux du bébé pour voir s'il n'y avait pas de larmes. « Si tu vas te changer en porc, » dit Alice très-sérieusement, « je ne veux plus rien avoir à faire avec toi. Fais-y bien attention ! »

La pauvre petite créature sanglota de nouveau, ou grogna (il était impossible de savoir lequel des deux), et ils continuèrent leur chemin un instant en silence.

Alice commençait à dire en elle-même, « Mais, que faire de cette créature quand je l'aurai portée à la maison ? » lorsqu'il grogna de nouveau si fort qu'elle regarda sa figure avec quelque inquiétude. Cette fois il n'y avait pas à s'y tromper, c'était un porc, ni plus ni moins, et elle comprit qu'il serait ridicule de le porter plus loin.

Elle déposa donc par terre le petit animal, et se sentit toute soulagée de le voir trotter tranquillement vers le bois. « S'il avait grandi, » se dit-elle, « il serait devenu un bien vilain enfant ; tandis qu'il fait un assez joli petit porc, il me semble. » Alors elle se mit à penser à d'autres enfants qu'elle connaissait et qui feraient d'assez jolis porcs, si seulement on savait la manière de s'y prendre pour les métamorphoser. Elle était en train de faire ces réflexions, lorsqu'elle tressaillit en voyant tout à coup le Chat assis à quelques pas de là sur la branche d'un arbre.

Le Chat grimaça en apercevant Alice. Elle trouva qu'il avait l'air bon enfant, et cependant il avait de très-longues griffes et une grande rangée de dents ; aussi comprit-elle qu'il fallait le traiter avec respect.

« Grimaçon ! » commença-t-elle un peu timidement, ne sachant pas du tout si cette familiarité lui serait agréable ; toutefois il ne fit qu'allonger sa grimace.

« Allons, il est content jusqu'à présent, » pensa Alice, et elle continua : « Dites-moi, je vous prie, de quel côté faut-il me diriger ? »

« Cela dépend beaucoup de l'endroit où vous voulez aller, » dit le Chat.

« Cela m'est assez indifférent, » dit Alice.

« Alors peu importe de quel côté vous irez, » dit le Chat.

« Pourvu que j'arrive quelque part, » ajouta Alice en explication.

« Cela ne peut manquer, pourvu que vous marchiez assez longtemps. »

Alice comprit que cela était incontestable ; elle essaya donc d'une autre question : « Quels sont les gens qui demeurent par ici ? »

« De ce côté-ci, » dit le Chat, décrivant un cercle avec sa patte droite, «

demeure un chapelier ; de ce côté-là, » faisant de même avec sa patte gauche, « demeure un lièvre. Allez voir celui que vous voudrez, tous deux sont fous. »

« Mais je ne veux pas fréquenter des fous, » fit observer Alice.

« Vous ne pouvez pas vous en défendre, tout le monde est fou ici. Je suis fou, vous êtes folle. »

« Comment savez-vous que je suis folle ? » dit Alice.

« Vous devez l'être, » dit le Chat, « sans cela ne seriez pas venue ici. »

Alice pensa que cela ne prouvait rien. Toutefois elle continua : « Et comment savez-vous que vous êtes fou ? »

« D'abord, » dit le Chat, « un chien n'est pas fou ; vous convenez de cela. »

« Je le suppose, » dit Alice.

« Eh bien ! » continua le Chat, « un chien grogne quand il se fâche, et remue la queue lorsqu'il est content. Or, moi, je grogne quand je suis content, et je remue la queue quand je me fâche. Donc je suis fou. »

« J'appelle cela faire le rouet, et non pas grogner, » dit Alice.

« Appelez cela comme vous voudrez, » dit le Chat. « Jouez-vous au croquet avec la Reine aujourd'hui ? »

« Cela me ferait grand plaisir, » dit Alice, « mais je n'ai pas été invitée. »

« Vous m'y verrez, » dit le Chat ; et il disparut.

Alice ne fut pas très-étonnée, tant elle commençait à s'habituer aux événements extraordinaires. Tandis qu'elle regardait encore l'endroit que le Chat venait de quitter, il reparut tout à coup.

« À propos, qu'est devenu le bébé ? J'allais oublier de le demander. »

« Il a été changé en porc, » dit tranquillement Alice, comme si le Chat était revenu d'une manière naturelle.

« Je m'en doutais, » dit le Chat ; et il disparut de nouveau.

Alice attendit quelques instants, espérant presque le revoir, mais il ne reparut pas ; et une ou deux minutes après, elle continua son chemin dans la direction où on lui avait dit que demeurait le Lièvre. « J'ai déjà vu des chapeliers, » se dit-elle ; « le Lièvre sera de beaucoup le plus intéressant. » À ces mots elle leva les yeux, et voilà que le Chat était encore là assis sur une branche d'arbre.

« M'avez-vous dit porc, ou porte ? » demanda le Chat.

« J'ai dit porc, » répéta Alice. « Ne vous amusez donc pas à paraître et à disparaître si subitement, vous faites tourner la tête aux gens. »

« C'est bon, » dit le Chat, et cette fois il s'évanouit tout doucement à commencer par le bout de la queue, et finissant par sa grimace qui demeura quelque temps après que le reste fut disparu.

« Certes, » pensa Alice, « j'ai souvent vu un chat sans grimace, mais une grimace sans chat, je n'ai jamais de ma vie rien vu de si drôle. »

Elle ne fit pas beaucoup de chemin avant d'arriver devant la maison du Lièvre. Elle pensa que ce devait bien être là la maison, car les cheminées étaient en forme d'oreilles et le toit était couvert de fourrure. La maison était si grande qu'elle n'osa s'approcher avant d'avoir grignoté encore un peu du morceau de champignon qu'elle avait dans la main gauche, et d'avoir atteint la taille de deux pieds environ ; et même alors elle avança timidement en se disant : « Si après tout il était fou furieux ! Je voudrais presque avoir été faire visite au Chapelier plutôt que d'être venue ici. »

CHAPITRE VII

Un Thé de Fous

Il y avait une table servie sous un arbre devant la maison, et le Lièvre y prenait le thé avec le Chapelier. Un Loir profondément endormi était assis entre les deux autres qui s'en servaient comme d'un coussin, le coude appuyé sur lui et causant par-dessus sa tête. « Bien gênant pour le Loir, » pensa Alice. « Mais comme il est endormi je suppose que cela lui est égal. »

Bien que la table fût très-grande, ils étaient tous trois serrés l'un contre l'autre à un des coins. « Il n'y a pas de place ! Il n'y a pas de place ! » crièrent-ils en voyant Alice. « Il y a abondance de place, » dit Alice indignée, et elle s'assit dans un large fauteuil à l'un des bouts de la table.

« Prenez donc du vin, » dit le Lièvre d'un ton engageant.

Alice regarda tout autour de la table, mais il n'y avait que du thé. « Je ne vois pas de vin, » fit-elle observer.

« Il n'y en a pas, » dit le Lièvre.

« En ce cas il n'était pas très-poli de votre part de m'en offrir, » dit Alice d'un ton fâché.

« Il n'était pas non plus très-poli de votre part de vous mettre à table avant d'y être invitée, » dit le Lièvre.

« J'ignorais que ce fût votre table, » dit Alice. « Il y a des couverts pour bien plus de trois convives. »

« Vos cheveux ont besoin d'être coupés, » dit le Chapelier. Il avait considéré Alice pendant quelque temps avec beaucoup de curiosité, et ce fut la première parole qu'il lui adressa.

« Vous devriez apprendre à ne pas faire de remarques sur les gens ; c'est très-grossier, » dit Alice d'un ton sévère.

À ces mots le Chapelier ouvrit de grands yeux ; mais il se contenta de dire : « Pourquoi une pie ressemble-t-elle à un pupitre ? »

« Bon ! nous allons nous amuser, » pensa Alice. « Je suis bien aise qu'ils se mettent à demander des énigmes. Je crois pouvoir deviner cela, » ajouta-t-elle tout haut.

« Voulez-vous dire que vous croyez pouvoir trouver la réponse ? » dit le Lièvre.

« Précisément, » répondit Alice.

« Alors vous devriez dire ce que vous voulez dire, » continua le Lièvre.

« C'est ce que je fais, » répliqua vivement Alice. « Du moins — je veux dire ce que je dis ; c'est la même chose, n'est-ce pas ? »

« Ce n'est pas du tout la même chose, » dit le Chapelier. « Vous pourriez alors dire tout aussi bien que : « Je vois ce que je mange, » est la même chose que : « Je mange ce que je vois. » »

« Vous pourriez alors dire tout aussi bien, » ajouta le Lièvre, « que : « J'aime ce qu'on me donne, » est la même chose que : « On me donne ce que j'aime. » »

« Vous pourriez dire tout aussi bien, » ajouta le Loir, qui paraissait parler tout endormi, « que : « Je respire quand je dors, » est la même chose que : « Je dors quand je respire. » »

« C'est en effet tout un pour vous, » dit le Chapelier. Sur ce, la conversation tomba et il se fit un silence de quelques minutes. Pendant ce temps, Alice repassa dans son esprit tout ce qu'elle savait au sujet des pies et des pupitres ; ce qui n'était pas grand'chose.

Le Chapelier rompit le silence le premier. « Quel quantième du mois sommes-nous ? » dit-il en se tournant vers Alice. Il avait tiré sa montre de sa poche et la regardait d'un air inquiet, la secouant de temps à autre et l'approchant de son oreille.

Alice réfléchit un instant et répondit : « Le quatre. »

« Elle est de deux jours en retard, » dit le Chapelier avec un soupir. « Je vous disais bien que le beurre ne vaudrait rien au mouvement ! » ajouta-t-il en regardant le Lièvre avec colère.

« C'était tout ce qu'il y avait de plus fin en beurre, » dit le Lièvre humblement.

« Oui, mais il faut qu'il y soit entré des miettes de pain, » grommela le Chapelier. « Vous n'auriez pas dû vous servir du couteau au pain pour mettre le beurre. »

Le Lièvre prit la montre, et la contempla tristement, puis la trempa dans sa tasse, la contempla de nouveau, et pourtant ne trouva rien de mieux à faire que de répéter sa première observation : « C'était tout ce qu'il y avait de plus fin en beurre. »

Alice avait regardé par-dessus son épaule avec curiosité : « Quelle singulière montre ! » dit-elle. « Elle marque le quantième du mois, et ne marque pas l'heure qu'il est ! »

« Et pourquoi marquerait-elle l'heure ? » murmura le Chapelier. « Votre montre marque-t-elle dans quelle année vous êtes ? »

« Non, assurément ! » répliqua Alice sans hésiter. « Mais c'est parce qu'elle reste à la même année pendant si longtemps. »

« Tout comme la mienne, » dit le Chapelier.

Alice se trouva fort embarrassée. L'observation du Chapelier lui paraissait n'avoir aucun sens ; et cependant la phrase était parfaitement correcte. « Je ne vous comprends pas bien, » dit-elle, aussi poliment que possible.

« Le Loir est rendormi, » dit le Chapelier ; et il lui versa un peu de thé chaud sur le nez.

Le Loir secoua la tête avec impatience, et dit, sans ouvrir les yeux : « Sans doute, sans doute, c'est justement ce que j'allais dire. »

« Avez-vous deviné l'énigme ? » dit le Chapelier, se tournant de nouveau vers Alice.

« Non, j'y renonce, » répondit Alice ; « quelle est la réponse ? »

« Je n'en ai pas la moindre idée, » dit le Chapelier.

« Ni moi non plus, » dit le Lièvre.

Alice soupira d'ennui. « Il me semble que vous pourriez mieux employer le temps, » dit-elle, « et ne pas le gaspiller à proposer des énigmes qui n'ont point de réponses. »

« Si vous connaissiez le Temps aussi bien que moi, » dit le Chapelier, « vous ne parleriez pas de le gaspiller. On ne gaspille pas quelqu'un. »

« Je ne vous comprends pas, » dit Alice.

« Je le crois bien, » répondit le Chapelier, en secouant la tête avec mépris ; « je parie que vous n'avez jamais parlé au Temps. »

« Cela se peut bien, » répliqua prudemment Alice, « mais je l'ai souvent mal employé. »

« Ah ! voilà donc pourquoi ! Il n'aime pas cela, » dit le Chapelier. « Mais si seulement vous saviez le ménager, il ferait de la pendule tout ce que vous voudriez. Par exemple, supposons qu'il soit neuf heures du matin, l'heure de vos leçons, vous n'auriez qu'à dire tout bas un petit mot au Temps, et l'aiguille partirait en un clin d'œil pour marquer une heure et demie, l'heure du dîner. »

(« Je le voudrais bien, » dit tout bas le Lièvre.)

« Cela serait très-agréable, certainement, » dit Alice d'un air pensif ; « mais alors — je n'aurais pas encore faim, comprenez donc. »

« Peut-être pas d'abord, » dit le Chapelier ; « mais vous pourriez retenir l'aiguille à une heure et demie aussi longtemps que vous voudriez. »

« Est-ce comme cela que vous faites, vous ? » demanda Alice.

Le Chapelier secoua tristement la tête.

« Hélas ! non, » répondit-il, « nous nous sommes querellés au mois de mars dernier, un peu avant qu'il devînt fou. » (Il montrait le Lièvre du bout de sa cuiller.) « C'était à un grand concert donné par la Reine de Cœur, et j'eus à chanter :

> « *Ah ! vous dirai-je, ma sœur,*
> *Ce qui calme ma douleur !* »

« *Vous connaissez peut-être cette chanson ?* »
« *J'ai entendu chanter quelque chose comme ça,* » dit Alice.
« *Vous savez la suite,* » dit le Chapelier ; et il continua :

> « *C'est que j'avais des dragées,*
> *Et que je les ai mangées.* »

Ici le Loir se secoua et se mit à chanter, tout en dormant : « Et que je les ai mangées, mangées, mangées, mangées, mangées, » si longtemps, qu'il fallût le pincer pour le faire taire.

« Eh bien, j'avais à peine fini le premier couplet, » dit le Chapelier, « que la Reine hurla : « Ah ! c'est comme ça que vous tuez le temps ! Qu'on lui coupe la tête ! » »

« Quelle cruauté ! » s'écria Alice.

« Et, depuis lors, » continua le Chapelier avec tristesse, « le Temps ne veut rien faire de ce que je lui demande. Il est toujours six heures maintenant. »

Une brillante idée traversa l'esprit d'Alice. « Est-ce pour cela qu'il y a tant de tasses à thé ici ? » demanda-t-elle.

« Oui, c'est cela, » dit le Chapelier avec un soupir ; « il est toujours l'heure du thé, et nous n'avons pas le temps de laver la vaisselle dans l'intervalle. »

« Alors vous faites tout le tour de la table, je suppose ? » dit Alice.

« Justement, » dit le Chapelier, « à mesure que les tasses ont servi. »

« Mais, qu'arrive-t-il lorsque vous vous retrouvez au commencement ? » se hasarda de dire Alice.

« Si nous changions de conversation, » interrompit le Lièvre en bâillant ; « celle-ci commence à me fatiguer. Je propose que la petite demoiselle nous conte une histoire. »

« J'ai bien peur de n'en pas savoir, » dit Alice, que cette proposition alarmait un peu.

« Eh bien, le Loir va nous en dire une, » crièrent-ils tous deux. « Allons, Loir, réveillez-vous ! » et ils le pincèrent des deux côtés à la fois.

Le Loir ouvrit lentement les yeux. « Je ne dormais pas, » dit-il d'une voix faible et enrouée. « Je n'ai pas perdu un mot de ce que vous avez dit, vous autres. »

« Racontez-nous une histoire, » dit le Lièvre.

« Ah ! Oui, je vous en prie, » dit Alice d'un ton suppliant.

« Et faites vite, » ajouta le Chapelier, « sans cela vous allez vous rendormir avant de vous mettre en train. »

« Il y avait une fois trois petites sœurs, » commença bien vite le Loir, « qui s'appelaient Elsie, Lacie, et Tillie, et elles vivaient au fond d'un puits. »

« De quoi vivaient-elles ? » dit Alice, qui s'intéressait toujours aux questions de boire ou de manger.

« Elles vivaient de mélasse, » dit le Loir, après avoir réfléchi un instant.

« Ce n'est pas possible, comprenez donc, » fit doucement observer Alice ; « cela les aurait rendues malades. »

« Et en effet, » dit le Loir, « elles étaient très-malades. »

Alice chercha à se figurer un peu l'effet que produirait sur elle une manière de vivre si extraordinaire, mais cela lui parut trop embarrassant, et elle continua : « Mais pourquoi vivaient-elles au fond d'un puits ? »

« Prenez un peu plus de thé, » dit le Lièvre à Alice avec empressement.

« Je n'en ai pas pris du tout, » répondit Alice d'un air offensé. « Je ne peux donc pas en prendre un peu plus. »

« Vous voulez dire que vous ne pouvez pas en prendre moins, » dit le Chapelier. « Il est très-aisé de prendre un peu plus que pas du tout. »

« On ne vous a pas demandé votre avis, à vous, » dit Alice.

« Ah ! qui est-ce qui se permet de faire des observations ? » demanda le Chapelier d'un air triomphant.

Alice ne savait pas trop que répondre à cela. Aussi se servit-elle un peu de thé et une tartine de pain et de beurre ; puis elle se tourna du côté du Loir, et répéta sa question. « Pourquoi vivaient-elles au fond d'un puits ? »

Le Loir réfléchit de nouveau pendant quelques instants et dit : « C'était un puits de mélasse. »

« Il n'en existe pas ! » se mit à dire Alice d'un ton courroucé. Mais le Chapelier et le Lièvre firent « Chut ! Chut ! » et le Loir fit observer d'un ton bourru : « Tâchez d'être polie, ou finissez l'histoire vous-même. »

« Non, continuez, je vous prie, » dit Alice très-humblement. « Je ne vous interromprai plus ; peut-être en existe-t-il un. »

« Un, vraiment ! » dit le Loir avec indignation ; toutefois il voulut bien continuer. « Donc, ces trois petites sœurs, vous saurez qu'elles faisaient tout ce qu'elles pouvaient pour s'en tirer. »

« Comment auraient-elles pu s'en tirer ? » dit Alice, oubliant tout à fait sa promesse.

« C'est tout simple — »

« Il me faut une tasse propre, » interrompit le Chapelier. « Avançons tous d'une place. »

Il avançait tout en parlant, et le Loir le suivit ; le Lièvre prit la place du Loir, et Alice prit, d'assez mauvaise grâce, celle du Lièvre. Le Chapelier fut le seul qui gagnât au change ; Alice se trouva bien plus mal partagée qu'auparavant, car le Lièvre venait de renverser le lait dans son assiette.

Alice, craignant d'offenser le Loir, reprit avec circonspection : « Mais je ne comprends pas ; comment auraient-elles pu s'en tirer ? »

« C'est tout simple, » dit le Chapelier. « Quand il y a de l'eau dans un puits, vous savez bien comment on en tire, n'est-ce pas ? Eh bien ! d'un puits de mélasse on tire de la mélasse, et quand il y a des petites filles dans la mélasse on les tire en même temps ; comprenez-vous, petite sotte ? »

« Pas tout à fait, » dit Alice, encore plus embarrassée par cette réponse.

« Alors vous feriez bien de vous taire, » dit le Chapelier.

Alice trouva cette grossièreté un peu trop forte ; elle se leva indignée et s'en alla. Le Loir s'endormit à l'instant même, et les deux autres ne prirent pas garde à son départ, bien qu'elle regardât en arrière deux ou trois fois, espérant presque qu'ils la rappelleraient. La dernière fois qu'elle les vit, ils cherchaient à mettre le Loir dans la théière.

« À aucun prix je ne voudrais retourner auprès de ces gens-là, » dit Alice, en cherchant son chemin à travers le bois. « C'est le thé le plus ridicule auquel j'aie assisté de ma vie ! »

Comme elle disait cela, elle s'aperçut qu'un des arbres avait une porte par laquelle on pouvait pénétrer à l'intérieur. « Voilà qui est curieux, » pensa-t-elle. « Mais tout est curieux aujourd'hui. Je crois que je ferai bien d'entrer tout de suite. » Elle entra.

Elle se retrouva encore dans la longue salle tout près de la petite table de verre.

« Cette fois je m'y prendrai mieux, » se dit-elle, et elle commença par saisir la petite clef d'or et par ouvrir la porte qui menait au jardin, et puis elle se mit à grignoter le morceau de champignon qu'elle avait mis dans sa poche, jusqu'à ce qu'elle fût réduite à environ deux pieds de haut ; elle prit alors le petit passage ; et enfin — elle se trouva dans le superbe jardin au milieu des brillants parterres et des fraîches fontaines.

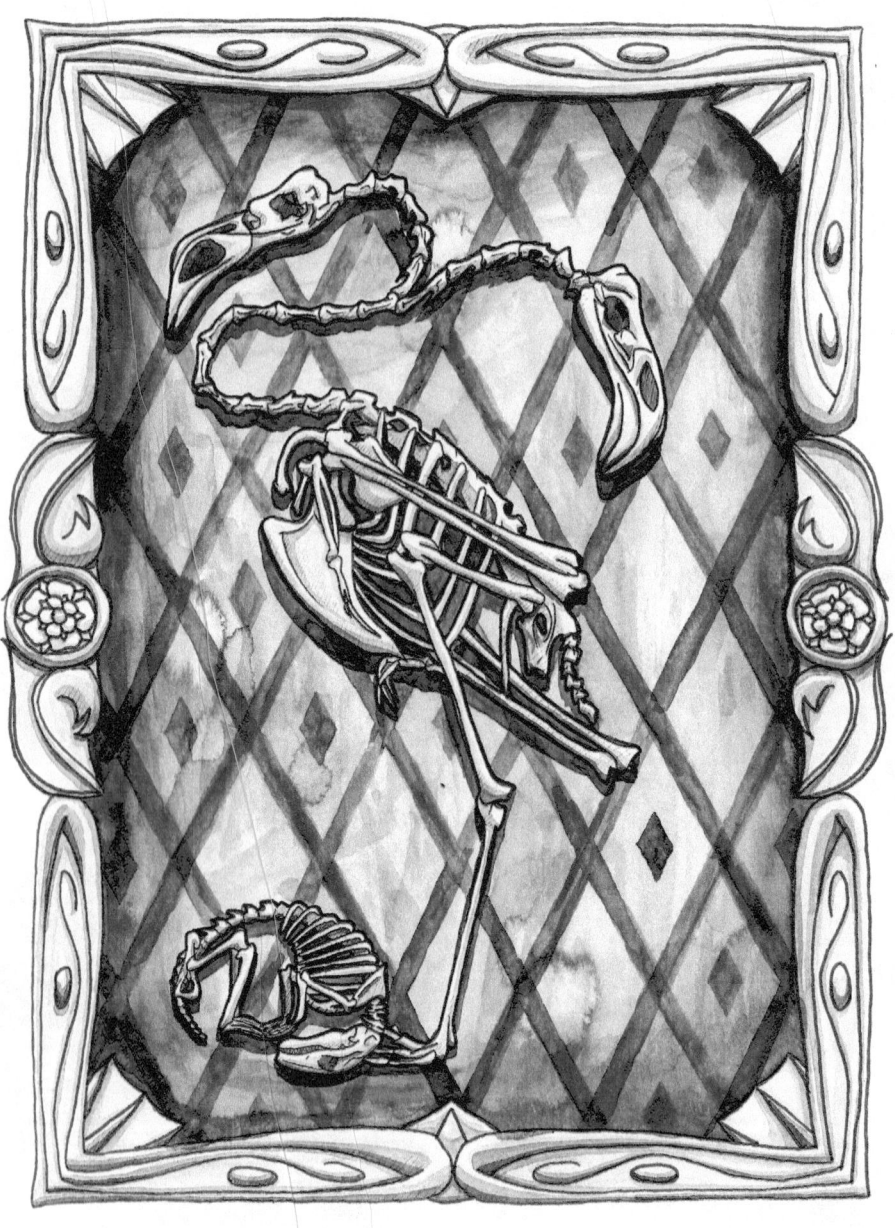

CHAPITRE VIII

LE CROQUET DE LA REINE

Un grand rosier se trouvait à l'entrée du jardin ; les roses qu'il portait étaient blanches, mais trois jardiniers étaient en train de les peindre en rouge. Alice s'avança pour les regarder, et, au moment où elle approchait, elle en entendit un qui disait : « Fais donc attention, Cinq, et ne m'éclabousse pas ainsi avec ta peinture. »

« Ce n'est pas de ma faute, » dit Cinq d'un ton bourru, « c'est Sept qui m'a poussé le coude. »

Là-dessus Sept leva les yeux et dit : « C'est cela, Cinq ! Jetez toujours le blâme sur les autres ! »

« Vous feriez bien de vous taire, vous, » dit Cinq. « J'ai entendu la Reine dire pas plus tard que hier que vous méritiez d'être décapité ! »

« Pourquoi donc cela ? » dit celui qui avait parlé le premier.

« Cela ne vous regarde pas, Deux, » dit Sept.

« Si fait, cela le regarde, » dit Cinq ; « et je vais le lui dire. C'est pour avoir apporté à la cuisinière des oignons de tulipe au lieu d'oignons à manger. »

Sept jeta là son pinceau et s'écriait : « De toutes les injustices — » lorsque ses regards tombèrent par hasard sur Alice, qui restait là à les regarder, et il se retint tout à coup. Les autres se retournèrent aussi, et tous firent un profond salut.

« Voudriez-vous avoir la bonté de me dire pourquoi vous peignez ces roses ? » demanda Alice un peu timidement.

Cinq et Sept ne dirent rien, mais regardèrent Deux. Deux commença à voix basse : « Le fait est, voyez-vous, mademoiselle, qu'il devrait y avoir ici un rosier à fleurs rouges, et nous en avons mis un à fleurs blanches, par erreur. Si la Reine s'en apercevait nous aurions tous la tête tranchée, vous comprenez. Aussi, mademoiselle, vous voyez que nous faisons de notre mieux avant qu'elle vienne pour — »

À ce moment Cinq, qui avait regardé tout le temps avec inquiétude de l'autre côté du jardin, s'écria : « La Reine ! La Reine ! » et les trois ouvriers se précipitèrent aussitôt la face contre terre. Il se faisait un grand bruit de pas, et Alice se retourna, désireuse de voir la Reine.

D'abord venaient des soldats portant des piques ; ils étaient tous faits comme les jardiniers, longs et plats, les mains et les pieds aux coins ; ensuite venaient les dix courtisans. Ceux-ci étaient tous parés de carreaux de diamant et marchaient deux à deux comme les soldats. Derrière eux venaient les enfants de la Reine ; il y en avait dix, et les petits chérubins gambadaient joyeusement, se tenant par la main deux à deux ; ils étaient tous ornés de cœurs. Après eux venaient les invités, des rois et des reines pour la plupart. Dans le nombre, Alice reconnut le Lapin Blanc. Il avait l'air ému et agité en parlant, souriait à tout ce qu'on disait, et passa sans faire attention à elle. Suivait le Valet de Cœur, portant la couronne sur un coussin de velours ; et, fermant cette longue procession, LE ROI ET LA REINE DE CŒUR.

Alice ne savait pas au juste si elle devait se prosterner comme les trois jardiniers ; mais elle ne se rappelait pas avoir jamais entendu parler d'une pareille formalité. « Et d'ailleurs à quoi serviraient les processions, » pensa-t-elle, « si les gens avaient à se mettre la face contre terre de façon à ne pas les voir ? » Elle resta donc debout à sa place et attendit.

Quand la procession fut arrivée en face d'Alice, tout le monde s'arrêta pour la regarder, et la Reine dit sévèrement : « Qui est-ce ? » Elle s'adressait au Valet de Cœur, qui se contenta de saluer et de sourire pour toute réponse.

« Idiot ! » dit la Reine en rejetant la tête en arrière avec impatience ; et, se tournant vers Alice, elle continua : « Votre nom, petite ? »

« Je me nomme Alice, s'il plaît à Votre Majesté, » dit Alice fort poliment. Mais elle ajouta en elle-même : « Ces gens-là ne sont, après tout, qu'un paquet de cartes. Pourquoi en aurais-je peur ? »

« Et qui sont ceux-ci ? » dit la Reine, montrant du doigt les trois jardiniers étendus autour du rosier. Car vous comprenez que, comme ils avaient la face contre terre et que le dessin qu'ils avaient sur le dos était le même que celui des autres cartes du paquet, elle ne pouvait savoir s'ils étaient des jardiniers, des soldats, des courtisans, ou bien trois de ses propres enfants.

« Comment voulez-vous que je le sache ? » dit Alice avec un courage qui la surprit elle-même. « Cela n'est pas mon affaire à moi. »

La Reine devint pourpre de colère ; et après l'avoir considérée un moment avec des yeux flamboyants comme ceux d'une bête fauve, elle se mit à crier : « Qu'on lui coupe la tête ! »

« Quelle idée ! » dit Alice très-haut et d'un ton décidé. La Reine se tut.

Le Roi lui posa la main sur le bras, et lui dit timidement : « Considérez donc, ma chère amie, que ce n'est qu'une enfant. »

La Reine lui tourna le dos avec colère, et dit au Valet : « Retournez-les ! »

Ce que fit le Valet très-soigneusement du bout du pied.

« Debout ! » dit la Reine d'une voix forte et stridente. Les trois jardiniers se relevèrent à l'instant et se mirent à saluer le Roi, la Reine, les jeunes princes, et tout le monde.

« Finissez ! » cria la Reine. « Vous m'étourdissez. » Alors, se tournant vers le rosier, elle continua : « Qu'est-ce que vous faites donc là ? »

« Avec le bon plaisir de Votre Majesté, » dit Deux d'un ton très-humble, mettant un genou en terre, « nous tâchions — »

« Je le vois bien ! » dit la Reine, qui avait pendant ce temps examiné les roses. « Qu'on leur coupe la tête ! » Et la procession continua sa route, trois des soldats restant en arrière pour exécuter les malheureux jardiniers, qui coururent se mettre sous la protection d'Alice.

« Vous ne serez pas décapités, » dit Alice ; et elle les mit dans un grand pot à fleurs qui se trouvait près de là. Les trois soldats errèrent de côté et d'autre, pendant une ou deux minutes, pour les chercher, puis s'en allèrent tranquillement rejoindre les autres.

« Leur a-t-on coupé la tête ? » cria la Reine.

« Leurs têtes n'y sont plus, s'il plaît à Votre Majesté ! » lui crièrent les soldats.

« C'est bien ! » cria la Reine. « Savez-vous jouer au croquet ? »

Les soldats ne soufflèrent mot, et regardèrent Alice, car, évidemment, c'était à elle que s'adressait la question.

« Oui, » cria Alice.

« Eh bien, venez ! » hurla la Reine ; et Alice se joignit à la procession, fort curieuse de savoir ce qui allait arriver.

« Il fait un bien beau temps aujourd'hui, » dit une voix timide à côté d'elle. Elle marchait auprès du Lapin Blanc, qui la regardait d'un œil inquiet.

« Bien beau, » dit Alice. « Où est la Duchesse ? »

« Chut ! Chut ! » dit vivement le Lapin à voix basse et en regardant avec inquiétude par-dessus son épaule. Puis il se leva sur la pointe des pieds, colla sa bouche à l'oreille d'Alice et lui souffla : « Elle est condamnée à mort »

« Pour quelle raison ? » dit Alice.

« Avez-vous dit : « quel dommage ? » » demanda le Lapin.

« Non, » dit Alice. « Je ne pense pas du tout que ce soit dommage. J'ai dit : « pour quelle raison ? » »

« Elle a donné des soufflets à la Reine, » commença le Lapin. (Alice fit entendre un petit éclat de rire.) « Oh, chut ! » dit tout bas le Lapin d'un ton effrayé. « La Reine va nous entendre ! Elle est arrivée un peu tard, voyez-vous, et la Reine a dit — »

« À vos places ! » cria la Reine d'une voix de tonnerre, et les gens se mirent à courir dans toutes les directions, trébuchant les uns contre les autres ; toutefois, au bout de quelques instants chacun fut à sa place et la partie commença.

Alice n'avait de sa vie vu de jeu de croquet aussi curieux que celui-là. Le terrain n'était que billons et sillons ; des hérissons vivants servaient de boules, et des flamants de maillets. Les soldats, courbés en deux, avaient à se tenir la tête et les pieds sur le sol pour former des arches.

Ce qui embarrassa le plus Alice au commencement du jeu, ce fut de manier le flamant ; elle parvenait bien à fourrer son corps assez commodément sous son bras, en laissant pendre les pieds ; mais, le plus souvent, à peine lui avait-elle allongé le cou bien comme il faut, et allait-elle frapper le hérisson avec la tête, que le flamant se relevait en se tordant, et la regardait d'un air si ébahi qu'elle ne pouvait s'empêcher d'éclater de rire ; et puis, quand elle lui avait fait baisser la tête et allait recommencer, il était bien impatientant de voir que le hérisson s'était déroulé et s'en allait. En outre, il se trouvait ordinairement un billon ou un sillon dans son chemin partout où elle voulait envoyer le hérisson, et comme les soldats courbés en deux se relevaient sans cesse pour s'en aller d'un autre côté du terrain, Alice en vint bientôt à cette conclusion : que c'était là un jeu fort difficile, en vérité.

Les joueurs jouaient tous à la fois, sans attendre leur tour, se querellant tout le temps et se battant à qui aurait les hérissons. La Reine entra bientôt dans une colère furieuse et se mit à trépigner en criant : « Qu'on coupe la tête à celui-ci ! » ou bien : « Qu'on coupe la tête à celle-là ! » une fois environ par minute.

Alice commença à se sentir très-mal à l'aise ; il est vrai qu'elle ne s'était pas disputée avec la Reine ; mais elle savait que cela pouvait lui arriver à tout moment. « Et alors, » pensait-elle, « que deviendrai-je ? Ils aiment terriblement à couper la tête aux gens ici. Ce qui m'étonne, c'est qu'il en reste encore de vivants. »

Elle cherchait autour d'elle quelque moyen de s'échapper, et se demandait si elle pourrait se retirer sans être vue ; lorsqu'elle aperçut en l'air quelque chose d'étrange ; cette apparition l'intrigua beaucoup d'abord, mais, après l'avoir considérée quelques instants, elle découvrit que c'était une grimace, et se dit en elle-même, « C'est le Grimaçon ; maintenant j'aurai à qui parler. »

« Comment cela va-t-il ? » dit le Chat, quand il y eut assez de sa bouche pour qu'il pût parler.

Alice attendit que les yeux parussent, et lui fit alors un signe de tête amical. « Il est inutile de lui parler, » pensait-elle, « avant que ses oreilles soient venues, l'une d'elle tout au moins. » Une minute après, la tête se montra tout entière, et alors Alice posa à terre son flamant et se mit à raconter sa partie de croquet, enchantée d'avoir quelqu'un qui l'écoutât. Le Chat trouva apparemment qu'il s'était assez mis en vue ; car sa tête fut tout ce qu'on en aperçut.

« Ils ne jouent pas du tout franc jeu, » commença Alice d'un ton de mécontentement, « et ils se querellent tous si fort, qu'on ne peut pas s'entendre parler ; et puis on dirait qu'ils n'ont aucune règle précise ; du moins, s'il y a des règles, personne ne les suit. Ensuite vous n'avez pas idée comme cela embrouille que tous les instruments du jeu soient vivants ; par exemple, voilà l'arche par laquelle j'ai à passer qui se promène là-bas à l'autre bout du jeu, et j'aurais fait croquet sur le hérisson de la Reine tout à l'heure, s'il ne s'était pas sauvé en voyant venir le mien ! »

« Est-ce que vous aimez la Reine ? » dit le Chat à voix basse.

« Pas du tout, » dit Alice. « Elle est si — » Au même instant elle aperçut la Reine tout près derrière elle, qui écoutait ; alors elle continua : « si sûre de gagner, que ce n'est guère la peine de finir la partie. »

La Reine sourit et passa.

« Avec qui causez-vous donc là, » dit le Roi, s'approchant d'Alice et regardant avec une extrême curiosité la tête du Chat.

« C'est un de mes amis, un Grimaçon, » dit Alice : « permettez-moi de vous le présenter. »

« Sa mine ne me plaît pas du tout, » dit le Roi. « Pourtant il peut me baiser la main, si cela lui fait plaisir. »

« Non, grand merci, » dit le Chat.

« Ne faites pas l'impertinent, » dit le Roi, « et ne me regardez pas ainsi ! » Il s'était mis derrière Alice en disant ces mots.

« Un chat peut bien regarder un roi, » dit Alice. « J'ai lu quelque chose comme cela dans un livre, mais je ne me rappelle pas où. »

« Eh bien, il faut le faire enlever, » dit le Roi d'un ton très-décidé ; et il cria à la Reine, qui passait en ce moment : « Mon amie, je désirerais que vous fissiez enlever ce chat ! »

La Reine n'avait qu'une seule manière de trancher les difficultés, petites ou grandes. « Qu'on lui coupe la tête ! » dit-elle sans même se retourner.

« Je vais moi-même chercher le bourreau, » dit le Roi avec empressement ; et il s'en alla précipitamment.

Alice pensa qu'elle ferait bien de retourner voir où en était la partie, car elle entendait au loin la voix de la Reine qui criait de colère. Elle l'avait déjà entendue condamner trois des joueurs à avoir la tête coupée, parce qu'ils avaient laissé passer leur tour, et elle n'aimait pas du tout la tournure que prenaient les choses ; car le jeu était si embrouillé qu'elle ne savait jamais quand venait son tour. Elle alla à la recherche de son hérisson.

Il était en train de se battre avec un autre hérisson ; ce qui parut à Alice une excellente occasion de faire croquet de l'un sur l'autre. Il n'y avait à cela qu'une difficulté, et c'était que son flamant avait passé de l'autre côté du jardin, où Alice le voyait qui faisait de vains efforts pour s'enlever et se percher sur un arbre.

Quand elle eut rattrapé et ramené le flamant, la bataille était terminée, et les deux hérissons avaient disparu. « Mais cela ne fait pas grand'chose, » pensa Alice, « puisque toutes les arches ont quitté ce côté de la pelouse. » Elle remit donc le flamant sous son bras pour qu'il ne lui échappât plus, et retourna causer un peu avec son ami.

Quand elle revint auprès du Chat, elle fut surprise de trouver une grande foule rassemblée autour de lui. Une discussion avait lieu entre le bourreau, le Roi, et la Reine, qui parlaient tous à la fois, tandis que les autres ne soufflaient mot et semblaient très-mal à l'aise.

Dès que parut Alice, ils en appelèrent à elle tous les trois pour qu'elle décidât la question, et lui répétèrent leurs raisonnements. Comme ils parlaient tous à la fois, elle eut beaucoup de peine à comprendre ce qu'ils disaient.

Le raisonnement du bourreau était : qu'on ne pouvait pas trancher une tête, à moins qu'il n'y eût un corps d'où l'on pût la couper ; que jamais il n'avait eu pareille chose à faire, et que ce n'était pas à son âge qu'il allait commencer.

Le raisonnement du Roi était : que tout ce qui avait une tête pouvait être décapité, et qu'il ne fallait pas dire des choses qui n'avaient pas de bon sens.

Le raisonnement de la Reine était : que si la question ne se décidait pas en moins de rien, elle ferait trancher la tête à tout le monde à la ronde. (C'était cette dernière observation qui avait donné à toute la compagnie l'air si grave et si inquiet.)

Alice ne trouva rien de mieux à dire que : « Il appartient à la Duchesse ; c'est elle que vous feriez bien de consulter à ce sujet. »

« Elle est en prison, » dit la Reine au bourreau. « Qu'on l'amène ici. » Et le bourreau partit comme un trait.

La tête du Chat commença à s'évanouir aussitôt que le bourreau fut parti, et elle avait complétement disparu quand il revint accompagné de la Duchesse ; de sorte que le Roi et le bourreau se mirent à courir de côté et d'autre comme des fous pour trouver cette tête, tandis que le reste de la compagnie retournait au jeu.

CHAPITRE IX

Histoire de la Fausse-Tortue

« Vous ne sauriez croire combien je suis heureuse de vous voir, ma bonne vieille fille ! » dit la Duchesse, passant amicalement son bras sous celui d'Alice, et elles s'éloignèrent ensemble.

Alice était bien contente de la trouver de si bonne humeur, et pensait en elle-même que c'était peut-être le poivre qui l'avait rendue si méchante, lorsqu'elles se rencontrèrent dans la cuisine. « Quand je serai Duchesse, moi, » se dit-elle (d'un ton qui exprimait peu d'espérance cependant), « je n'aurai pas de poivre dans ma cuisine, pas le moindre grain. La soupe peut très-bien s'en passer. Ça pourrait bien être le poivre qui échauffe la bile des gens, » continua-t-elle, enchantée d'avoir fait cette découverte ; « ça pourrait bien être le vinaigre qui les aigrit ; la camomille qui les rend amères ; et le sucre d'orge et d'autres choses du même genre qui adoucissent le caractère des enfants. Je voudrais bien que tout le monde sût cela ; on ne serait pas si chiche de sucreries, voyez-vous. »

Elle avait alors complètement oublié la Duchesse, et tressaillit en entendant sa voix tout près de son oreille. « Vous pensez à quelque chose, ma chère petite, et cela vous fait oublier de causer. Je ne puis pas vous dire en ce moment quelle est la morale de ce fait, mais je m'en souviendrai tout à l'heure. »

« Peut-être n'y en a-t-il pas, » se hasarda de dire Alice.

« Bah, bah, mon enfant ! » dit la Duchesse. « Il y a une morale à tout, si seulement on pouvait la trouver. » Et elle se serra plus près d'Alice en parlant.

Alice n'aimait pas trop qu'elle se tînt si près d'elle ; d'abord parce que la Duchesse était très-laide, et ensuite parce qu'elle était juste assez grande pour appuyer son menton sur l'épaule d'Alice, et c'était un menton très-désagréablement pointu. Pourtant elle ne voulait pas être impolie, et elle supporta cela de son mieux.

« La partie va un peu mieux maintenant, » dit-elle, afin de soutenir la conversation.

« C'est vrai, » dit la Duchesse ; « et la morale en est : « Oh ! c'est l'amour, l'amour qui fait aller le monde à la ronde ! » »

« Quelqu'un a dit, » murmura Alice, « que c'est quand chacun s'occupe de ses affaires que le monde n'en va que mieux. »

« Eh bien ! Cela signifie presque la même chose, » dit la Duchesse, qui enfonça son petit menton pointu dans l'épaule d'Alice, en ajoutant : « Et la morale en est : « Un chien vaut mieux que deux gros rats. » »

« Comme elle aime à trouver des morales partout ! » pensa Alice.

« Je parie que vous vous demandez pourquoi je ne passe pas mon bras autour de votre taille, » dit la Duchesse après une pause : « La raison en est que je ne me fie pas trop à votre flamant. Voulez-vous que j'essaie ? »

« Il pourrait mordre, » répondit Alice, qui ne se sentait pas la moindre envie de faire l'essai proposé.

« C'est bien vrai, » dit la Duchesse ; « les flamants et la moutarde mordent tous les deux, et la morale en est : « Qui se ressemble, s'assemble. » »

« Seulement la moutarde n'est pas un oiseau, » répondit Alice.

« Vous avez raison, comme toujours, » dit la Duchesse ; « avec quelle clarté, vous présentez les choses ! »

« C'est un minéral, je crois, » dit Alice.

« Assurément, » dit la Duchesse, qui semblait prête à approuver tout ce que disait Alice ; « il y a une bonne mine de moutarde près d'ici ; la morale en est qu'il faut faire bonne mine à tout le monde ! »

« Oh ! je sais, » s'écria Alice, qui n'avait pas fait attention à cette dernière observation, « c'est un végétal ; ça n'en a pas l'air, mais c'en est un. »

« Je suis tout à fait de votre avis, » dit la Duchesse, « et la morale en est : « Soyez ce que vous voulez paraître ; » ou, si vous voulez que je le dise plus simplement : « Ne vous imaginez jamais de ne pas être autrement que ce qu'il pourrait sembler aux autres que ce que vous étiez ou auriez pu être n'était pas autrement que ce que vous aviez été leur aurait paru être autrement. » »

« Il me semble que je comprendrais mieux cela, » dit Alice fort poliment, « si je l'avais par écrit : mais je ne peux pas très-bien le suivre comme vous le dites. »

« Cela n'est rien auprès de ce que je pourrais dire si je voulais, » répondit la Duchesse d'un ton satisfait.

« Je vous en prie, ne vous donnez pas la peine d'allonger davantage votre explication, » dit Alice.

« Oh ! ne parlez pas de ma peine, » dit la Duchesse ; « je vous fais cadeau de tout ce que j'ai dit jusqu'à présent. »

« Voilà un cadeau qui n'est pas cher ! » pensa Alice. « Je suis bien contente qu'on ne fasse pas de cadeau d'anniversaire comme cela ! » Mais elle ne se hasarda pas à le dire tout haut.

« Encore à réfléchir ? » demanda la Duchesse, avec un nouveau coup de son petit menton pointu.

« J'ai bien le droit de réfléchir, » dit Alice sèchement, car elle commençait à se sentir un peu ennuyée.

« À peu près le même droit, » dit la Duchesse, « que les cochons de voler, et la mo— »

Mais ici, au grand étonnement d'Alice, la voix de la Duchesse s'éteignit au milieu de son mot favori, morale, et le bras qui était passé sous le sien commença de trembler. Alice leva les yeux et vit la Reine en face d'elle, les bras croisés, sombre et terrible comme un orage.

« Voilà un bien beau temps, Votre Majesté ! » fit la Duchesse, d'une voix basse et tremblante.

« Je vous en préviens ! » cria la Reine, trépignant tout le temps. « Hors d'ici, ou à bas la tête ! et cela en moins de rien ! Choisissez. »

La Duchesse eut bientôt fait son choix : elle disparut en un clin d'œil.

« Continuons notre partie, » dit la Reine à Alice ; et Alice, trop effrayée pour souffler mot, la suivit lentement vers la pelouse.

Les autres invités, profitant de l'absence de la Reine, se reposaient à l'ombre, mais sitôt qu'ils la virent ils se hâtèrent de retourner au jeu, la Reine leur faisant simplement observer qu'un instant de retard leur coûterait la vie.

Tant que dura la partie, la Reine ne cessa de se quereller avec les autres joueurs et de crier : « Qu'on coupe la tête à celui-ci ! Qu'on coupe la tête à celle-là ! » Ceux qu'elle condamnait étaient arrêtés par les soldats qui, bien entendu, avaient à cesser de servir d'arches, de sorte qu'au bout d'une demi-heure environ, il ne restait plus d'arches, et tous les joueurs, à l'exception du Roi, de la Reine, et d'Alice, étaient arrêtés et condamnés à avoir la tête tranchée.

Alors la Reine cessa le jeu toute hors d'haleine, et dit à Alice : « Avez-vous vu la Fausse-Tortue ? »

« Non, » dit Alice ; « je ne sais même pas ce que c'est qu'une Fausse-Tortue. »

« C'est ce dont on fait la soupe à la Fausse-Tortue, » dit la Reine.

« Je n'en ai jamais vu, et c'est la première fois que j'en entends parler, » dit Alice.

« Eh bien ! venez, » dit la Reine, « et elle vous contera son histoire. »

Comme elles s'en allaient ensemble, Alice entendit le Roi dire à voix basse à toute la compagnie : « Vous êtes tous graciés. » « Allons, voilà qui est heureux ! » se dit-elle en elle-même, car elle était toute chagrine du grand nombre d'exécutions que la Reine avait ordonnées.

Elles rencontrèrent bientôt un Griffon, étendu au soleil et dormant profondément. (Si vous ne savez pas ce que c'est qu'un Griffon, regardez l'image.)

« Debout ! paresseux, » dit la Reine, « et menez cette petite demoiselle voir la Fausse-Tortue, et l'entendre raconter son histoire. Il faut que je m'en retourne pour veiller à quelques exécutions que j'ai ordonnées ; » et elle partit laissant Alice seule avec le Griffon. La mine de cet animal ne plaisait pas trop à Alice, mais, tout bien considéré, elle pensa qu'elle ne courait pas plus de risques en restant auprès de lui, qu'en suivant cette Reine farouche.

Le Griffon se leva et se frotta les yeux, puis il guetta la Reine jusqu'à ce qu'elle fût disparue ; et il se mit à ricaner. « Quelle farce ! » dit le Griffon, moitié à part soi, moitié à Alice.

« Quelle est la farce ? » demanda Alice.

« Elle ! » dit le Griffon. « C'est une idée qu'elle se fait ; jamais on n'exécute personne, vous comprenez. Venez donc ! »

« Tout le monde ici dit : « Venez donc ! » » pensa Alice, en suivant lentement le Griffon. « Jamais de ma vie on ne m'a fait aller comme cela ; non, jamais ! »

Ils ne firent pas beaucoup de chemin avant d'apercevoir dans l'éloignement la Fausse-Tortue assise, triste et solitaire, sur un petit récif, et, à mesure qu'ils approchaient, Alice pouvait l'entendre qui soupirait comme si son cœur allait se briser ; elle la plaignait sincèrement. « Quel est donc son chagrin ? » demanda-t-elle au Griffon ; et le Griffon répondit, presque dans les mêmes termes qu'auparavant : « C'est une idée qu'elle se fait ; elle n'a point de chagrin, vous comprenez. Venez donc ! »

Ainsi ils s'approchèrent de la Fausse-Tortue, qui les regarda avec de grands yeux pleins de larmes, mais ne dit rien.

« Cette petite demoiselle, » dit le Griffon, « veut savoir votre histoire. »

« Je vais la lui raconter, » dit la Fausse-Tortue, d'un ton grave et sourd : « Asseyez-vous tous deux, et ne dites pas un mot avant que j'aie fini. »

Ils s'assirent donc, et pendant quelques minutes, personne ne dit mot. Alice pensait : « Je ne vois pas comment elle pourra jamais finir si elle ne commence pas. » Mais elle attendit patiemment.

« Autrefois, » dit enfin la Fausse-Tortue, « j'étais une vraie Tortue. »

Ces paroles furent suivies d'un long silence interrompu seulement de temps à autre par cette exclamation du Griffon : « Hjckrrh ! » et les soupirs continuels de la Fausse-Tortue. Alice était sur le point de se lever et de dire : « Merci de votre histoire intéressante, » mais elle ne pouvait s'empêcher de penser qu'il devait sûrement y en avoir encore à venir. Elle resta donc tranquille sans rien dire.

« Quand nous étions petits, » continua la Fausse Tortue d'un ton plus calme, quoiqu'elle laissât encore de temps à autre échapper un sanglot, « nous allions à l'école au fond de la mer. La maîtresse était une vieille tortue ; nous l'appelions Chélonée. »

« Et pourquoi l'appeliez-vous Chélonée, si ce n'était pas son nom ? »

« Parce qu'on ne pouvait s'empêcher de s'écrier en la voyant : « Quel long nez ! » » dit la Fausse-Tortue d'un ton fâché ; « vous êtes vraiment bien bornée ! »

« Vous devriez avoir honte de faire une question si simple ! » ajouta le Griffon ; et puis tous deux gardèrent le silence, les yeux fixés sur la pauvre Alice, qui se sentait prête à rentrer sous terre. Enfin le Griffon dit à la Fausse-Tortue, « En avant, camarade ! Tâchez d'en finir aujourd'hui ! » et elle continua en ces termes :

« Oui, nous allions à l'école dans la mer, bien que cela vous étonne. »

« Je n'ai pas dit cela, » interrompit Alice.

« Vous l'avez dit, » répondit la Fausse-Tortue.

« Taisez-vous donc, » ajouta le Griffon, avant qu'Alice pût reprendre la parole. La Fausse-Tortue continua :

« Nous recevions la meilleure éducation possible ; au fait, nous allions tous les jours à l'école. »

« Moi aussi, j'y ai été tous les jours, » dit Alice ; « il n'y a pas de quoi être si fière. »

« Avec des « en sus, » » dit la Fausse-Tortue avec quelque inquiétude.

« Oui, » dit Alice, « nous apprenions l'italien et la musique en sus. »

« Et le blanchissage ? » dit la Fausse-Tortue.

« Non, certainement ! » dit Alice indignée.

« Ah ! Alors votre pension n'était pas vraiment des bonnes, » dit la Fausse-Tortue comme soulagée d'un grand poids. « Eh bien, à notre pension il y avait au bas du prospectus : « l'italien, la musique, et le blanchissage en sus. » »

« Vous ne deviez pas en avoir grand besoin, puisque vous viviez au fond de la mer, » dit Alice.

« Je n'avais pas les moyens de l'apprendre, » dit en soupirant la Fausse-Tortue ; « je ne suivais que les cours ordinaires. »

« Qu'est-ce que c'était ? » demanda Alice.

« À Luire et à Médire, cela va sans dire, » répondit la Fausse-Tortue ; « et puis les différentes branches de l'Arithmétique : l'Ambition, la Distraction, l'Enjolification, et la Dérision. »

« Je n'ai jamais entendu parler d'enjolification, » se hasarda de dire Alice. « Qu'est-ce que c'est ? »

Le Griffon leva les deux pattes en l'air en signe d'étonnement. « Vous n'avez jamais entendu parler d'enjolir ! » s'écria-t-il. « Vous savez ce que c'est que « embellir, » je suppose ? »

« Oui, » dit Alice, en hésitant : « cela veut dire — rendre — une chose — plus belle. »

« Eh bien ! » continua le Griffon, « si vous ne savez pas ce que c'est que « enjolir » vous êtes vraiment niaise. »

Alice ne se sentit pas encouragée à faire de nouvelles questions là-dessus, elle se tourna donc vers la Fausse-Tortue, et lui dit, « Qu'appreniez-vous encore ? »

« Eh bien, il y avait le Grimoire, » répondit la Fausse-Tortue en comptant sur ses battoirs ; « le Grimoire ancien et moderne, avec la Mérographie, et puis le Dédain ; le maître de Dédain était un vieux congre qui venait une fois par semaine ; il nous enseignait à Dédaigner, à Esquiver et à Feindre à l'huître. »

« Qu'est-ce que cela ? » dit Alice.

« Ah ! je ne peux pas vous le montrer, moi, » dit la Fausse-Tortue, « je suis trop gênée, et le Griffon ne l'a jamais appris. »

« Je n'en avais pas le temps, » dit le Griffon, « mais j'ai suivi les cours du professeur de langues mortes ; c'était un vieux crabe, celui-là. »

« Je n'ai jamais suivi ses cours, » dit la Fausse-Tortue avec un soupir ; « il enseignait le Larcin et la Grève. »

« C'est ça, c'est ça, » dit le Griffon, en soupirant à son tour ; et ces deux créatures se cachèrent la figure dans leurs pattes.

« Combien d'heures de leçons aviez-vous par jour ? » dit Alice vivement, pour changer la conversation.

« Dix heures, le premier jour, » dit la Fausse-Tortue ; « neuf heures, le second, et ainsi de suite. »

« Quelle singulière méthode ! » s'écria Alice.

« C'est pour cela qu'on les appelle leçons, » dit le Griffon, « parce que nous les laissons là peu à peu. »

C'était là pour Alice une idée toute nouvelle ; elle y réfléchit un peu avant de faire une autre observation. « Alors le onzième jour devait être un jour de congé ? »

« Assurément, » répondit la Fausse-Tortue.

« Et comment vous arrangiez-vous le douzième jour ? » s'empressa de demander Alice.

« En voilà assez sur les leçons, » dit le Griffon intervenant d'un ton très-décidé ; « parlez-lui des jeux maintenant. »

CHAPITRE X

LE QUADRILLE DE HOMARDS

La Fausse-Tortue soupira profondément et passa le dos d'une de ses nageoires sur ses yeux. Elle regarda Alice et s'efforça de parler, mais les sanglots étouffèrent sa voix pendant une ou deux minutes. « On dirait qu'elle a un os dans le gosier, » dit le Griffon, et il se mit à la secouer et à lui taper dans le dos. Enfin la Fausse-Tortue retrouva la voix, et, tandis que de grosses larmes coulaient le long de ses joues, elle continua :

« Peut-être n'avez-vous pas beaucoup vécu au fond de la mer ? » — (« Non, » dit Alice) — « et peut-être ne vous a-t-on jamais présentée à un homard ? » (Alice allait dire : « J'en ai goûté une fois — » mais elle se reprit vivement, et dit : « Non, jamais. ») « De sorte que vous ne pouvez pas du tout vous figurer quelle chose délicieuse c'est qu'un quadrille de homards. »

« Non, vraiment, » dit Alice. « Qu'est-ce que c'est que cette danse-là ? »

« D'abord, » dit le Griffon, « on se met en rang le long des bords de la mer — »

« On forme deux rangs, » cria la Fausse-Tortue : « des phoques, des tortues et des saumons, et ainsi de suite. Puis lorsqu'on a débarrassé la côte des gelées de mer — »

« Cela prend ordinairement longtemps, » dit le Griffon.

« — on avance deux fois — »

« Chacun ayant un homard pour danseur, » cria le Griffon.

« Cela va sans dire, » dit la Fausse-Tortue. « Avancez deux fois et balancez — »

« Changez de homards, et revenez dans le même ordre, » continua le Griffon.

« Et puis, vous comprenez, » continua la Fausse-Tortue, « vous jetez les — »

« Les homards ! » cria le Griffon, en faisant un bond en l'air.

« — aussi loin à la mer que vous le pouvez — »

« Vous nagez à leur poursuite !! » cria le Griffon.

« — vous faites une cabriole dans la mer !!! » cria la Fausse-Tortue, en cabriolant de tous côtés comme une folle.

« Changez encore de homards !!!! » hurla le Griffon de toutes ses forces.

« — revenez à terre ; et — c'est là la première figure, » dit la Fausse-Tortue, baissant tout à coup la voix ; et ces deux êtres, qui pendant tout ce temps avaient bondi de tous côtés comme des fous, se rassirent bien tristement et bien posément, puis regardèrent Alice.

« Cela doit être une très-jolie danse, » dit timidement Alice.

« Voudriez-vous voir un peu comment ça se danse ? » dit la Fausse-Tortue.

« Cela me ferait grand plaisir, » dit Alice.

« Allons, essayons la première figure, » dit la Fausse-Tortue au Griffon ; « nous pouvons la faire sans homards, vous comprenez. Qui va chanter ? »

« Oh ! chantez, vous, » dit le Griffon ; « moi j'ai oublié les paroles. »

Ils se mirent donc à danser gravement tout autour d'Alice, lui marchant de temps à autre sur les pieds quand ils approchaient trop près, et remuant leurs pattes de devant pour marquer la mesure, tandis que la Fausse-Tortue chantait très-lentement et très-tristement :

« Nous n'irons plus à l'eau,
Si tu n'avances tôt ;
Ce Marsouin trop pressé
Va tous nous écraser.
Colimaçon danse,
Entre dans la danse ;
Sautons, dansons,
Avant de faire un plongeon. »

« Je ne veux pas danser,
Je me f'rais fracasser. »
« Oh ! » reprend le Merlan,
« C'est pourtant bien plaisant. »
Colimaçon danse,
Entre dans la danse ;
Sautons, dansons,
Avant de faire un plongeon.

« Je ne veux pas plonger,
Je ne sais pas nager. »
— « Le Homard et l'bateau
D'sauv'tag' te tir'ront d'l'eau. »

Colimaçon danse,
Entre dans la danse ;
Sautons, dansons,
Avant de faire un plongeon.

« Merci ; c'est une danse très-intéressante à voir danser, » dit Alice, en-chantée que ce fût enfin fini ; « et je trouve cette curieuse chanson du merlan si agréable ! »

« Oh ! quant aux merlans, » dit la Fausse-Tortue, « ils — vous les avez vus, sans doute ? »

« Oui, » dit Alice, « je les ai souvent vus à dî— » elle s'arrêta tout court.

« Je ne sais pas où est Di, » reprit la Fausse Tortue ; « mais, puisque vous les avez vus si souvent, vous devez savoir l'air qu'ils ont ? »

« Je le crois, » répliqua Alice, en se recueillant. « Ils ont la queue dans la bouche — et sont tout couverts de mie de pain. »

« Vous vous trompez à l'endroit de la mie de pain, » dit la Fausse-Tortue : « la mie serait enlevée dans la mer, mais ils ont bien la queue dans la bouche, et la raison en est que — » Ici la Fausse-Tortue bâilla et ferma les yeux. « Dites-lui-en la raison et tout ce qui s'ensuit, » dit-elle au Griffon.

« La raison, c'est que les merlans, » dit le Griffon, « voulurent absolument aller à la danse avec les homards. Alors on les jeta à la mer. Alors ils eurent à tomber bien loin, bien loin. Alors ils s'entrèrent la queue fortement dans la bouche. Alors ils ne purent plus l'en retirer. Voilà tout. »

« Merci, » dit Alice, « c'est très-intéressant ; je n'en avais jamais tant appris sur le compte des merlans. »

« Je propose donc, » dit le Griffon, « que vous nous racontiez quelques-unes de vos aventures. »

« Je pourrais vous conter mes aventures à partir de ce matin, » dit Alice un peu timidement ; « mais il est inutile de parler de la journée d'hier, car j'étais une personne tout à fait différente alors. »

« Expliquez-nous cela, » dit la Fausse-Tortue.

« Non, non, les aventures d'abord, » dit le Griffon d'un ton d'impatience ; « les explications prennent tant de temps. »

Alice commença donc à leur conter ses aventures depuis le moment où elle avait vu le Lapin Blanc pour la première fois. Elle fut d'abord un peu troublée dans le commencement ; les deux créatures se tenaient si près d'elle, une de chaque côté, et ouvraient de si grands yeux et une si grande bouche ! Mais elle reprenait courage à mesure qu'elle parlait. Les auditeurs restèrent fort tranquilles jusqu'à ce qu'elle arrivât au moment de son histoire où elle avait eu à répéter à la chenille : « Vous êtes vieux, Père Guillaume, » et où les mots lui étaient venus tout de travers, et alors la Fausse-Tortue poussa un long soupir et dit : « C'est bien singulier. »

« Tout cela est on ne peut plus singulier, » dit le Griffon.

« Tout de travers, » répéta la Fausse-Tortue d'un air rêveur. « Je voudrais bien l'entendre réciter quelque chose à présent. Dites-lui de s'y mettre. » Elle regardait le Griffon comme si elle lui croyait de l'autorité sur Alice.

« Debout, et récitez : « C'est la voix du canon, » » dit le Griffon.

« Comme ces êtres-là vous commandent et vous font répéter des leçons ! » pensa Alice ; « autant vaudrait être à l'école. » Cependant elle se leva et se mit à réciter ; mais elle avait la tête si pleine du Quadrille de Homards, qu'elle savait à peine ce qu'elle disait, et que les mots lui venaient tout drôlement : —

> « C'est la voix du homard grondant comme la foudre :
> « On m'a trop fait bouillir, il faut que je me poudre ! »
> Puis, les pieds en dehors, prenant la brosse en main,
> De se faire bien beau vite il se met en train. »

« C'est tout différent de ce que je récitais quand j'étais petit, moi, » dit le Griffon.

« Je ne l'avais pas encore entendu réciter, » dit la Fausse-Tortue ; « mais cela me fait l'effet d'un fameux galimatias. »

Alice ne dit rien ; elle s'était rassise, la figure dans ses mains, se demandant avec étonnement si jamais les choses reprendraient leur cours naturel.

« Je voudrais bien qu'on m'expliquât cela, » dit la Fausse-Tortue.

« Elle ne peut pas l'expliquer, » dit le Griffon vivement. « Continuez, récitez les vers suivants. »

« Mais, les pieds en dehors, » continua opiniâtrement la Fausse-Tortue. « Pourquoi dire qu'il avait les pieds en dehors ? »

« C'est la première position lorsqu'on apprend à danser, » dit Alice ; tout cela l'embarrassait fort, et il lui tardait de changer la conversation.

« Récitez les vers suivants, » répéta le Griffon avec impatience ; « ça commence : « Passant près de chez lui — » »

Alice n'osa pas désobéir, bien qu'elle fût sûre que les mots allaient lui venir tout de travers. Elle continua donc d'une voix tremblante :

> « Passant près de chez lui, j'ai vu, ne vous déplaise,
> Une huître et un hibou qui dînaient fort à l'aise. »

« À quoi bon répéter tout ce galimatias, » interrompit la Fausse-Tortue, « si vous ne l'expliquez pas à mesure que vous le dites ? C'est, de beaucoup, ce que j'ai entendu de plus embrouillant. »

« Oui, je crois que vous feriez bien d'en rester là, » dit le Griffon ; et Alice ne demanda pas mieux.

« Essaierons-nous une autre figure du Quadrille de Homards ? » continua le Griffon. « Ou bien, préférez-vous que la Fausse-Tortue vous chante quelque chose ? »

« Oh ! une chanson, je vous prie ; si la Fausse-Tortue veut bien avoir cette obligeance, » répondit Alice, avec tant d'empressement que le Griffon dit d'un air un peu offensé : « Hum ! Chacun son goût. Chantez-lui « La Soupe à la Tortue, » hé ! camarade ! »

La Fausse-Tortue poussa un profond soupir et commença, d'une voix de temps en temps étouffée par les sanglots :

> *« Ô doux potage,*
> *Ô mets délicieux !*
> *Ah ! pour partage,*
> *Quoi de plus précieux ?*
> *Plonger dans ma soupière*
> *Cette vaste cuillère*
> *Est un bonheur*
> *Qui me réjouit le cœur.*
>
> *« Gibier, volaille,*
> *Lièvres, dindes, perdreaux,*
> *Rien qui te vaille, —*
> *Pas même les pruneaux !*
> *Plonger dans ma soupière*
> *Cette vaste cuillère*
> *Est un bonheur*
> *Qui me réjouit le cœur. »*

« Bis au refrain ! » cria le Griffon ; et la Fausse-Tortue venait de le reprendre, quand un cri, « Le procès va commencer ! » se fit entendre au loin.

« Venez donc ! » cria le Griffon ; et, prenant Alice par la main, il se mit à courir sans attendre la fin de la chanson.

« Qu'est-ce que c'est que ce procès ? » demanda Alice hors d'haleine ; mais le Griffon se contenta de répondre : « Venez donc ! » en courant de plus belle, tandis que leur parvenaient, de plus en plus faibles, apportées par la brise qui les poursuivait, ces paroles pleines de mélancolie :

« Plonger dans ma soupière
Cette vaste cuillère
Est un bonheur
Qui me réjouit le cœur. »

CHAPITRE XI

Qui A Volé les Tartes?

Le Roi et la Reine de Cœur étaient assis sur leur trône, entourés d'une nombreuse assemblée : toutes sortes de petits oiseaux et d'autres bêtes, ainsi que le paquet de cartes tout entier. Le Valet, chargé de chaînes, gardé de chaque côté par un soldat, se tenait debout devant le trône, et près du roi se trouvait le Lapin Blanc, tenant d'une main une trompette et de l'autre un rouleau de parchemin. Au beau milieu de la salle était une table sur laquelle on voyait un grand plat de tartes ; ces tartes semblaient si bonnes que cela donna faim à Alice, rien que de les regarder. « Je voudrais bien qu'on se dépêchât de finir le procès, » pensa-t-elle, « et qu'on fît passer les rafraîchissements, » mais cela ne paraissait guère probable, aussi se mit-elle à regarder tout autour d'elle pour passer le temps.

C'était la première fois qu'Alice se trouvait dans une cour de justice, mais elle en avait lu des descriptions dans les livres, et elle fut toute contente de voir qu'elle savait le nom de presque tout ce qu'il y avait là. « Ça, c'est le juge, » se dit-elle ; « je le reconnais à sa grande perruque. »

Le juge, disons-le en passant, était le Roi, et, comme il portait sa couronne par-dessus sa perruque (regardez le frontispice, si vous voulez savoir comment il s'était arrangé) il n'avait pas du tout l'air d'être à son aise, et cela ne lui allait pas bien du tout.

« Et ça, c'est le banc du jury, » pensa Alice ; « et ces douze créatures » (elle était forcée de dire « créatures, » vous comprenez, car quelques-uns étaient des bêtes et quelques autres des oiseaux), « je suppose que ce sont les jurés ; » elle se répéta ce dernier mot deux ou trois fois, car elle en était assez fière : pensant avec raison que bien peu de petites filles de son âge savent ce que cela veut dire.

Les douze jurés étaient tous très-occupés à écrire sur des ardoises. « Qu'est-ce qu'ils font là ? » dit Alice à l'oreille du Griffon. « Ils ne peuvent rien avoir à écrire avant que le procès soit commencé. »

« Ils inscrivent leur nom, » répondit de même le Griffon, « de peur de l'oublier avant la fin du procès. »

« Les niais ! » s'écria Alice d'un ton indigné, mais elle se retint bien vite, car le Lapin Blanc cria : « Silence dans l'auditoire ! » Et le Roi, mettant ses lunettes, regarda vivement autour de lui pour voir qui parlait.

Alice pouvait voir, aussi clairement que si elle eût regardé par-dessus leurs épaules, que tous les jurés étaient en train d'écrire « les niais » sur leurs ardoises, et elle pouvait même distinguer que l'un d'eux ne savait pas écrire « niais » et qu'il était obligé de le demander à son voisin. « Leurs ardoises seront dans un bel état avant la fin du procès ! » pensa Alice.

Un des jurés avait un crayon qui grinçait ; Alice, vous le pensez bien, ne pouvait pas souffrir cela ; elle fit le tour de la salle, arriva derrière lui, et trouva bientôt l'occasion d'enlever le crayon. Ce fut si tôt fait que le pauvre petit juré (c'était Jacques, le lézard) ne pouvait pas s'imaginer ce qu'il était devenu. Après avoir cherché partout, il fut obligé d'écrire avec un doigt tout le reste du jour, et cela était fort inutile, puisque son doigt ne laissait aucune marque sur l'ardoise.

« Héraut, lisez l'acte d'accusation ! » dit le Roi. Sur ce, le Lapin Blanc sonna trois fois de la trompette, et puis, déroulant le parchemin, lut ainsi qu'il suit :

> « *La Reine de Cœur fit des tartes,*
> *Un beau jour de printemps ;*
> *Le Valet de Cœur prit les tartes,*
> *Et s'en fut tout content ! »*

« Délibérez, » dit le Roi aux jurés.

« Pas encore, pas encore, » interrompit vivement le Lapin ; « il y a bien des choses à faire auparavant ! »

« Appelez les témoins, » dit le Roi ; et le Lapin Blanc sonna trois fois de la trompette, et cria : « Le premier témoin ! »

Le premier témoin était le Chapelier. Il entra, tenant d'une main une tasse de thé et de l'autre une tartine de beurre. « Pardon, Votre Majesté, » dit il, « si j'apporte cela ici ; je n'avais pas tout à fait fini de prendre mon thé lorsqu'on est venu me chercher. »

« Vous auriez dû avoir fini, » dit le Roi ; « quand avez-vous commencé ? »

Le Chapelier regarda le Lièvre qui l'avait suivi dans la salle, bras dessus bras dessous avec le Loir. « Le Quatorze Mars, je crois bien, » dit-il.

« Le Quinze ! » dit le Lièvre.

« Le Seize ! » ajouta le Loir.

« Notez cela, » dit le Roi aux jurés. Et les jurés s'empressèrent d'écrire les trois dates sur leurs ardoises ; puis en firent l'addition, dont ils cherchèrent à réduire le total en francs et centimes.

« Ôtez votre chapeau, » dit le Roi au Chapelier.

« Il n'est pas à moi, » dit le Chapelier.

« Volé ! » s'écria le Roi en se tournant du côté des jurés, qui s'empressèrent de prendre note du fait.

« Je les tiens en vente, » ajouta le Chapelier, comme explication. « Je n'en ai pas à moi ; je suis chapelier. »

Ici la Reine mit ses lunettes, et se prit à regarder fixement le Chapelier, qui devint pâle et tremblant.

« Faites votre déposition, » dit le Roi ; « et ne soyez pas agité ; sans cela je vous fais exécuter sur-le-champ. »

Cela ne parut pas du tout encourager le témoin ; il ne cessait de passer d'un pied sur l'autre en regardant la Reine d'un air inquiet, et, dans son trouble, il mordit dans la tasse et en enleva un grand morceau, au lieu de mordre dans la tartine de beurre.

Juste à ce moment-là, Alice éprouva une étrange sensation qui l'embarrassa beaucoup, jusqu'à ce qu'elle se fût rendu compte de ce que c'était. Elle recommençait à grandir, et elle pensa d'abord à se lever et à quitter la cour : mais, toute réflexion faite, elle se décida à rester où elle était, tant qu'il y aurait de la place pour elle.

« Ne poussez donc pas comme ça, » dit le Loir ; « je puis à peine respirer. »

« Ce n'est pas de ma faute, » dit Alice doucement ; « je grandis. »

« Vous n'avez pas le droit de grandir ici, » dit le Loir.

« Ne dites pas de sottises, » répliqua Alice plus hardiment ; « vous savez bien que vous aussi vous grandissez. »

« Oui, mais je grandis raisonnablement, moi, » dit le Loir ; « et non de cette façon ridicule. » Il se leva en faisant la mine, et passa de l'autre côté de la salle.

Pendant tout ce temps-là, la Reine n'avait pas cessé de fixer les yeux sur le Chapelier, et, comme le Loir traversait la salle, elle dit à un des officiers du tribunal : « Apportez-moi la liste des chanteurs du dernier concert. » Sur quoi, le malheureux Chapelier se mit à trembler si fortement qu'il en perdit ses deux souliers.

« Faites votre déposition, » répéta le Roi en colère ; « ou bien je vous fais exécuter, que vous soyez troublé ou non ! »

« Je suis un pauvre homme, Votre Majesté, » fit le Chapelier d'une voix tremblante ; « et il n'y avait guère qu'une semaine ou deux que j'avais commencé à prendre mon thé, et avec ça les tartines devenaient si minces et les dragées du thé — »

« Les dragées de quoi ? » dit le Roi.

« Ça a commencé par le thé, » répondit le Chapelier.

« Je vous dis que dragée commence par un d ! » cria le Roi vivement. « Me prenez-vous pour un âne ? Continuez ! »

« Je suis un pauvre homme, » continua le Chapelier ; « et les dragées et les autres choses me firent perdre la tête. Mais le Lièvre dit — »

« C'est faux ! » s'écria le Lièvre se dépêchant de l'interrompre.

« C'est vrai ! » cria le Chapelier.

« Je le nie ! » cria le Lièvre.

« Il le nie ! » dit le Roi. « Passez là-dessus. »

« Eh bien ! dans tous les cas, le Loir dit — » continua le Chapelier, regardant autour de lui pour voir s'il nierait aussi ; mais le Loir ne nia rien, car il dormait profondément.

« Après cela, » continua le Chapelier, « je me coupai d'autres tartines de beurre. »

« Mais, que dit le Loir ? » demanda un des jurés.

« C'est ce que je ne peux pas me rappeler, » dit le Chapelier.

« Il faut absolument que vous vous le rappeliez, » fit observer le Roi ; « ou bien je vous fais exécuter. »

Le malheureux Chapelier laissa tomber sa tasse et sa tartine de beurre, et mit un genou en terre. « Je suis un pauvre homme, Votre Majesté ! » commença-t-il.

« Vous êtes un très-pauvre orateur, » dit le Roi.

Ici un des cochons d'Inde applaudit, et fut immédiatement réprimé par un des huissiers. (Comme ce mot est assez difficile, je vais vous expliquer comment cela se fit. Ils avaient un grand sac de toile qui se fermait à l'aide de deux ficelles attachées à l'ouverture ; dans ce sac ils firent glisser le cochon d'Inde la tête la première, puis ils s'assirent dessus.)

« Je suis contente d'avoir vu cela, » pensa Alice. « J'ai souvent lu dans les journaux, à la fin des procès : « Il se fit quelques tentatives d'applaudissements qui furent bientôt réprimées par les huissiers, » et je n'avais jamais compris jusqu'à présent ce que cela voulait dire. »

« Si c'est là tout ce que vous savez de l'affaire, vous pouvez vous prosterner, » continua le Roi.

« Je ne puis pas me prosterner plus bas que cela, » dit le Chapelier ; « je suis déjà par terre. »

« Alors asseyez-vous, » répondit le Roi.

Ici l'autre cochon d'Inde applaudit et fut réprimé.

« Bon, cela met fin aux cochons d'Inde ! » pensa Alice. « Maintenant ça va mieux aller. »

« J'aimerais bien aller finir de prendre mon thé, » dit le Chapelier, en lançant un regard inquiet sur la Reine, qui lisait la liste des chanteurs.

« Vous pouvez vous retirer, » dit le Roi ; et le Chapelier se hâta de quitter la cour, sans même prendre le temps de mettre ses souliers.

« Et coupez-lui la tête dehors, » ajouta la Reine, s'adressant à un des huissiers ; mais le Chapelier était déjà bien loin avant que l'huissier arrivât à la porte.

« Appelez un autre témoin, » dit le Roi.

L'autre témoin, c'était la cuisinière de la Duchesse ; elle tenait la poivrière à la main, et Alice devina qui c'était, même avant qu'elle entrât dans la salle, en voyant éternuer, tout à coup et tous à la fois, les gens qui se trouvaient près de la porte.

« Faites votre déposition, » dit le Roi.

« Non ! » dit la cuisinière.

Le Roi regarda d'un air inquiet le Lapin Blanc, qui lui dit à voix basse : « Il faut que Votre Majesté interroge ce témoin-là contradictoirement. »

« Puisqu'il le faut, il le faut, » dit le Roi, d'un air triste ; et, après avoir croisé les bras et froncé les sourcils en regardant la cuisinière, au point que les yeux lui étaient presque complètement rentrés dans la tête, il dit d'une voix creuse : « De quoi les tartes sont-elles faites ? »

« De poivre principalement ! » dit la cuisinière.

« De mélasse, » dit une voix endormie derrière elle.

« Saisissez ce Loir au collet ! » cria la Reine. « Coupez la tête à ce Loir ! Mettez ce Loir à la porte ! Réprimez-le, pincez-le, arrachez-lui ses moustaches ! »

Pendant quelques instants, toute la cour fut sens dessus dessous pour mettre le Loir à la porte ; et, quand le calme fut rétabli, la cuisinière avait disparu.

« Cela ne fait rien, » dit le Roi, comme soulagé d'un grand poids. « Appelez le troisième témoin ; » et il ajouta à voix basse en s'adressant à la Reine : « Vraiment, mon amie, il faut que vous interrogiez cet autre témoin ; cela me fait trop mal au front ! »

Alice regardait le Lapin Blanc tandis qu'il tournait la liste dans ses doigts, curieuse de savoir quel serait l'autre témoin. « Car les dépositions ne prouvent pas grand'chose jusqu'à présent, » se dit-elle. Imaginez sa surprise quand le Lapin Blanc cria, du plus fort de sa petite voix criarde : « Alice ! »

CHAPITRE XII

Déposition D'Alice

oilà ! » cria Alice, oubliant tout à fait dans le trouble du moment combien elle avait grandi depuis quelques instants, et elle se leva si brusquement qu'elle accrocha le banc des jurés avec le bord de sa robe, et le renversa, avec tous ses occupants, sur la tête de la foule qui se trouvait au-dessous, et on les vit se débattant de tous côtés, comme les poissons rouges du vase qu'elle se rappelait avoir renversé par accident la semaine précédente.

« Oh ! je vous demande bien pardon ! » s'écria-t-elle toute confuse, et elle se mit à les ramasser bien vite, car l'accident arrivé aux poissons rouges lui trottait dans la tête, et elle avait une idée vague qu'il fallait les ramasser tout de suite et les remettre sur les bancs, sans quoi ils mourraient.

« Le procès ne peut continuer, » dit le Roi d'une voix grave, « avant que les jurés soient tous à leurs places ; tous ! » répéta-t-il avec emphase en regardant fixement Alice.

Alice regarda le banc des jurés, et vit que dans son empressement elle y avait placé le Lézard la tête en bas, et le pauvre petit être remuait la queue d'une triste façon, dans l'impossibilité de se redresser ; elle l'eut bientôt retourné et replacé convenablement. « Non que cela soit bien important, » se dit-elle, « car je pense qu'il serait tout aussi utile au procès la tête en bas qu'autrement. »

Sitôt que les jurés se furent un peu remis de la secousse, qu'on eut retrouvé et qu'on leur eut rendu leurs ardoises et leurs crayons, ils se mirent fort diligemment à écrire l'histoire de l'accident, à l'exception du Lézard, qui paraissait trop accablé pour faire autre chose que demeurer la bouche ouverte, les yeux fixés sur le plafond de la salle.

« Que savez-vous de cette affaire-là ? » demanda le Roi à Alice.

« Rien, » répondit-elle.

« Rien absolument ? » insista le Roi.

« Rien absolument, » dit Alice.

« Voilà qui est très-important, » dit le Roi, se tournant vers les jurés. Ils allaient écrire cela sur leurs ardoises quand le Lapin Blanc interrompant : « Peu important, veut dire Votre Majesté, sans doute, » dit-il d'un ton très-respectueux, mais en fronçant les sourcils et en lui faisant des grimaces.

« Peu important, bien entendu, c'est ce que je voulais dire, » répliqua le Roi avec empressement. Et il continua de répéter à demi-voix : « Très-important, peu important, peu important, très-important ; » comme pour essayer lequel des deux était le mieux sonnant.

Quelques-uns des jurés écrivirent « très-important, » d'autres, « peu important. » Alice voyait tout cela, car elle était assez près d'eux pour regarder sur leurs ardoises. « Mais cela ne fait absolument rien, » pensa-t-elle.

À ce moment-là, le Roi, qui pendant quelque temps avait été fort occupé à écrire dans son carnet, cria : « Silence ! » et lut sur son carnet : « Règle Quarante-deux : Toute personne ayant une taille de plus d'un mille de haut devra quitter la cour. »

Tout le monde regarda Alice.

« Je n'ai pas un mille de haut, » dit-elle.

« Si fait, » dit le Roi.

« Près de deux milles, » ajouta la Reine.

« Eh bien ! je ne sortirai pas quand même ; d'ailleurs cette règle n'est pas d'usage, vous venez de l'inventer. »

« C'est la règle la plus ancienne qu'il y ait dans le livre, » dit le Roi.

« Alors elle devrait porter le numéro Un. »

Le Roi devint pâle et ferma vivement son carnet. « Délibérez, » dit-il aux jurés d'une voix faible et tremblante.

« Il y a d'autres dépositions à recevoir, s'il plaît à Votre Majesté, » dit le Lapin, se levant précipitamment ; « on vient de ramasser ce papier. »

« Qu'est-ce qu'il y a dedans ? » dit la Reine.

« Je ne l'ai pas encore ouvert, » dit le Lapin Blanc ; « mais on dirait que c'est une lettre écrite par l'accusé à — à quelqu'un. »

« Cela doit être ainsi, » dit le Roi, « à moins qu'elle ne soit écrite à personne, ce qui n'est pas ordinaire, vous comprenez. »

« À qui est-elle adressée ? » dit un des jurés.

« Elle n'est pas adressée du tout, » dit le Lapin Blanc ; « au fait, il n'y a rien d'écrit à l'extérieur. » Il déplia le papier tout en parlant et ajouta : « Ce n'est pas une lettre, après tout ; c'est une pièce de vers. »

« Est-ce l'écriture de l'accusé ? » demanda un autre juré.

« Non, » dit le Lapin Blanc, « et c'est ce qu'il y a de plus drôle. » (Les jurés eurent tous l'air fort embarrassé.)

« Il faut qu'il ait imité l'écriture d'un autre, » dit le Roi. (Les jurés reprirent l'air serein.)

« Pardon, Votre Majesté, » dit le Valet, « ce n'est pas moi qui ai écrit cette lettre, et on ne peut pas prouver que ce soit moi ; il n'y a pas de signature. »

« Si vous n'avez pas signé, » dit le Roi, « cela ne fait qu'empirer la chose ; il faut absolument que vous ayez eu de mauvaises intentions, sans cela vous auriez signé, comme un honnête homme. »

Là-dessus tout le monde battit des mains ; c'était la première réflexion vraiment bonne que le Roi eût faite ce jour-là.

« Cela prouve sa culpabilité, » dit la Reine.

« Cela ne prouve rien, » dit Alice. « Vous ne savez même pas ce dont il s'agit. »

« Lisez ces vers, » dit le Roi.

Le Lapin Blanc mit ses lunettes. « Par où commencerai-je, s'il plaît à Votre Majesté ? » demanda-t-il.

« Commencez par le commencement, » dit gravement le Roi, « et continuez jusqu'à ce que vous arriviez à la fin ; là, vous vous arrêterez. »

Voici les vers que lut le Lapin Blanc :

> *« On m'a dit que tu fus chez elle*
> *Afin de lui pouvoir parler,*
> *Et qu'elle assura, la cruelle,*
> *Que je ne savais pas nager !*
>
> *Bientôt il leur envoya dire*
> *(Nous savons fort bien que c'est vrai !)*
> *Qu'il ne faudrait pas en médire,*
> *Ou gare les coups de balai !*
>
> *J'en donnai trois, elle en prit une ;*
> *Combien donc en recevrons-nous ?*
> *(Il y a là quelque lacune.)*
> *Toutes revinrent d'eux à vous.*
>
> *Si vous ou moi, dans cette affaire,*
> *Étions par trop embarrassés,*
> *Prions qu'il nous laisse, confrère,*
> *Tous deux comme il nous a trouvés.*
>
> *Vous les avez, j'en suis certaine,*
> *(Avant que de ses nerfs l'accès*

Ne bouleversât l'inhumaine,)
Trompés tous trois avec succès.
Cachez-lui qu'elle les préfère ;
Car ce doit être, par ma foi,
(Et sera toujours, je l'espère)
Un secret entre vous et moi. »

« Voilà la pièce de conviction la plus importante que nous ayons eue jusqu'à présent, » dit le Roi en se frottant les mains ; « ainsi, que le jury maintenant — — »

« S'il y a un seul des jurés qui puisse l'expliquer, » dit Alice (elle était devenue si grande dans ces derniers instants qu'elle n'avait plus du tout peur de l'interrompre), « je lui donne une pièce de dix sous. Je ne crois pas qu'il y ait un atome de sens commun là-dedans. »

Tous les jurés écrivirent sur leurs ardoises : « Elle ne croit pas qu'il y ait un atome de sens commun là-dedans, » mais aucun d'eux ne tenta d'expliquer la pièce de vers.

« Si elle ne signifie rien, » dit le Roi, « cela nous épargne un monde d'ennuis, vous comprenez ; car il est inutile d'en chercher l'explication ; et cependant je ne sais pas trop, » continua-t-il en étalant la pièce de vers sur ses genoux et les regardant d'un œil ; « il me semble que j'y vois quelque chose, après tout. « Que je ne savais pas nager ! » Vous ne savez pas nager, n'est-ce pas ? » ajouta-t-il en se tournant vers le Valet.

Le Valet secoua la tête tristement. « En ai-je l'air, » dit-il. (Non, certainement, il n'en avait pas l'air, étant fait tout entier de carton.)

« Jusqu'ici c'est bien, » dit le Roi ; et il continua de marmotter tout bas, « « Nous savons fort bien que c'est vrai. » C'est le jury qui dit cela, bien sûr ! « J'en donnai trois, elle en prit une ; » justement, c'est là ce qu'il fit des tartes, vous comprenez. »

« Mais vient ensuite : « Toutes revinrent d'eux à vous, » » dit Alice.

« Tiens, mais les voici ! » dit le Roi d'un air de triomphe, montrant du doigt les tartes qui étaient sur la table.

« Il n'y a rien de plus clair que cela ; et encore : « Avant que de ses nerfs l'accès. » Vous n'avez jamais eu d'attaques de nerfs, je crois, mon épouse ? » dit-il à la Reine.

« Jamais ! » dit la Reine d'un air furieux en jetant un encrier à la tête du Lézard. (Le malheureux Jacques avait cessé d'écrire sur son ardoise avec un doigt, car il s'était aperçu que cela ne faisait aucune marque ; mais il se remit bien vite à l'ouvrage en se servant de l'encre qui lui découlait le long de la figure, aussi longtemps qu'il y en eut.)

« Non, mon épouse, vous avez trop bon air, » dit le Roi, promenant son regard tout autour de la salle et souriant. Il se fit un silence de mort.

« C'est un calembour, » ajouta le Roi d'un ton de colère ; et tout le monde se mit à rire. « Que le jury délibère, » ajouta le Roi, pour à peu près la vingtième fois ce jour-là.

« Non, non, » dit la Reine, « l'arrêt d'abord, on délibérera après. »

« Cela n'a pas de bon sens ! » dit tout haut Alice. « Quelle idée de vouloir prononcer l'arrêt d'abord ! »

« Taisez-vous, » dit la Reine, devenant pourpre de colère.

« Je ne me tairai pas, » dit Alice.

« Qu'on lui coupe la tête ! » hurla la Reine de toutes ses forces. Personne ne bougea.

« On se moque bien de vous, » dit Alice (elle avait alors atteint toute sa grandeur naturelle). « Vous n'êtes qu'un paquet de cartes ! »

Là-dessus tout le paquet sauta en l'air et retomba en tourbillonnant sur elle ; Alice poussa un petit cri, moitié de peur, moitié de colère, et essaya de les repousser ; elle se trouva étendue sur le gazon, la tête sur les genoux de sa sœur, qui écartait doucement de sa figure les feuilles mortes tombées en voltigeant du haut des arbres.

« Réveillez-vous, chère Alice ! » lui dit sa sœur. « Quel long somme vous venez de faire ! »

« Oh ! j'ai fait un si drôle de rêve, » dit Alice ; et elle raconta à sa sœur, autant qu'elle put s'en souvenir, toutes les étranges aventures que vous venez de lire ; et, quand elle eut fini son récit, sa sœur lui dit en l'embrassant : « Certes, c'est un bien drôle de rêve ; mais maintenant courez à la maison prendre le thé ; il se fait tard. » Alice se leva donc et s'éloigna en courant, pensant le long du chemin, et avec raison, quel rêve merveilleux elle venait de faire.

*****

Mais sa sœur demeura assise tranquillement, tout comme elle l'avait laissée, la tête appuyée sur la main, contemplant le coucher du soleil et pensant à la petite Alice et à ses merveilleuses aventures ; si bien qu'elle aussi se mit à rêver, en quelque sorte ; et voici son rêve : —

D'abord elle rêva de la petite Alice personnellement : — les petites mains de l'enfant étaient encore jointes sur ses genoux, et ses yeux vifs et brillants plongeaient leur regard dans les siens. Elle entendait jusqu'au son de sa voix ; elle voyait ce singulier petit mouvement de tête par lequel elle rejetait en arrière les cheveux vagabonds qui sans cesse lui revenaient dans les yeux ; et, comme elle écoutait ou paraissait écouter, tout s'anima autour d'elle et se peupla des étranges créatures du rêve de sa jeune sœur. Les longues herbes bruissaient à ses pieds sous les pas précipités du Lapin Blanc ; la Souris effrayée faisait clapoter l'eau en traversant la mare voisine ; elle entendait le bruit des tasses, tandis que le Lièvre et ses amis prenaient leur repas qui ne finissait jamais, et la voix perçante de la Reine envoyant à la mort ses malheureux invités. Une fois encore l'enfant-porc éternuait sur les genoux de la Duchesse, tandis que les assiettes et les plats se brisaient autour de lui ; une fois encore la voix criarde du Griffon, le grincement du crayon d'ardoise du Lézard, et les cris étouffés des cochons d'Inde mis dans le sac par ordre de la cour, remplissaient les airs, en se mêlant aux sanglots que poussait au loin la malheureuse Fausse-Tortue.

C'est ainsi qu'elle demeura assise, les yeux fermés, et se croyant presque dans le Pays des Merveilles, bien qu'elle sût qu'elle n'avait qu'à rouvrir les yeux pour que tout fût changé en une triste réalité : les herbes ne bruiraient plus alors que sous le souffle du vent, et l'eau de la mare ne murmurerait plus qu'au balancement des roseaux ; le bruit des tasses deviendrait le tintement des clochettes au cou des moutons, et elle reconnaîtrait les cris aigus de la Reine dans la voix perçante du petit berger ; l'éternuement du bébé, le cri du Griffon et tous les autres bruits étranges ne seraient plus, elle le savait bien, que les clameurs confuses d'une cour de ferme, tandis que le beuglement des bestiaux dans le lointain remplacerait les lourds sanglots de la Fausse-Tortue.

Enfin elle se représenta cette même petite sœur, dans l'avenir, devenue elle aussi une grande personne ; elle se la représenta conservant, jusque dans l'âge mûr, le cœur simple et aimant de son enfance, et réunissant autour d'elle d'autres petits enfants dont elle ferait briller les yeux vifs et curieux au récit de bien des aventures étranges, et peut-être même en leur contant le songe du Pays des Merveilles du temps jadis : elle la voyait partager leurs petits chagrins et trouver plaisir à leurs innocentes joies, se rappelant sa propre enfance et les heureux jours d'été.

FIN

De l'autre côté du miroir

CHAPITRE I

La Maison du Miroir

Ce qu'il y a de sûr, c'est que la petite chatte blanche n'y fut pour rien : c'est la petite chatte noire qui fut la cause de tout. En effet, il y avait un bon quart d'heure que la chatte blanche se laissait laver la figure par la vieille chatte (et, somme toute, elle supportait cela assez bien) ; de sorte que, voyez-vous, il lui aurait été absolument impossible de tremper dans cette méchante affaire. Voici comment Dinah s'y prenait pour laver la figure de ses enfants : d'abord, elle maintenait la pauvre bête en lui appuyant une patte sur l'oreille, puis, de l'autre patte, elle lui frottait toute la figure à re-brousse-poil en commençant par le bout du nez. Or, à ce moment-là, comme je viens de vous le dire, elle était en train de s'escrimer tant qu'elle pouvait sur la chatte blanche qui restait étendue, parfaitement immobile, et essayait de ronronner (sans doute parce qu'elle sentait que c'était pour son bien). Mais la toilette de la chatte noire avait été faite au début de l'après-midi ; c'est pour-quoi, tandis qu'Alice restait blottie en boule dans un coin du grand fauteuil, toute somnolente et se faisant de vagues discours, la chatte s'en était donné à cœur joie de jouer avec la pelote de grosse laine que la fillette avait essayé d'enrouler, et de la pousser dans tous les sens jusqu'à ce qu'elle fût complète-ment déroulée ; elle était là, étalée sur la carpette, tout embrouillée, pleine de nœuds, et la chatte, au beau milieu, était en train de courir après sa queue.

« Oh ! comme tu es vilaine ! s'écria Alice, en prenant la chatte dans ses bras et en lui donnant un petit baiser pour bien lui faire comprendre qu'elle était en disgrâce. Vraiment, Dinah aurait dû t'élever un peu mieux que ça ! Oui, Dinah, parfaitement ! tu aurais dû l'élever un peu mieux, et tu le sais bien ! » ajouta-t-elle, en jetant un regard de reproche à la vieille chatte et en par-lant de sa voix la plus revêche ; après quoi elle grimpa de nouveau dans le fauteuil en prenant avec elle la chatte et la laine, et elle se remit à enrouler le peloton. Mais elle n'allait pas très vite, car elle n'arrêtait pas de parler, tantôt à la chatte, tantôt à elle-même. Kitty restait bien sagement sur ses genoux, feignant de s'intéresser à l'enroulement du peloton ; de temps en temps, elle tendait une de ses pattes et touchait doucement la laine,comme pour montrer qu'elle aurait été heureuse d'aider Alice sielle l'avait pu.

« Sais-tu quel jour nous serons demain, Kitty ?commença Alice. Tu l'aurais deviné si tu avais été à la fenêtreavec moi tout à l'heure… Mais Dinah était en train de faire tatoilette, c'est pour ça que tu n'as pas pu venir. Je regardais lesgarçons qui ramassaient du bois pour le feu de joie… et il faut desquantités de bois, Kitty ! Seulement, voilà, il s'est mis àfaire si froid et à neiger si fort qu'ils ont été obligés d'yrenoncer. Mais ça ne fait rien, Kitty, nous irons admirer le feu dejoie demain. » À ce moment, Alice enroula deux ou trois toursde laine autour du cou de Kitty, juste pour voir de quoi elleaurait l'air : il en résulta une légère bousculade au cours delaquelle le peloton tomba sur le plancher, et plusieurs mètres delaine se déroulèrent.

« Figure-toi, Kitty, continua Alice dès qu'elles furent denouveau confortablement installées, que j'étais si furieuse enpensant à toutes les bêtises que tu as faites aujourd'hui, que j'aifailli ouvrir la fenêtre et te mettre dehors dans la neige !Tu l'aurais bien mérité, petite coquine chérie !

Qu'as-tu à dire pour ta défense ? Je te prie de ne pasm'interrompre ! ordonna-t-elle en levant un doigt. Je vais tedire tout ce que tu as fait.

Premièrement : tu as crié deux fois ce matin pendant queDinah te lavait la figure. Inutile d'essayer de nier, Kitty, car jet'ai entendue ! Comment ?

Qu'est-ce que tu dis ? poursuivit-elle en faisant semblantde croire que Kitty venait de parler. Sa patte t'est entrée dansl'œil ? C'est ta faute, parce que tu avais gardé les yeuxouverts ; si tu les avais tenus bien fermés, ça ne te serait pas arrivé. Je t'en prie, inutile de chercher d'autresexcuses !

Écoute-moi ! Deuxièmement : tu as tiré Perce-Neige enarrière par la queue juste au moment où je venais de mettre unesoucoupe de lait devant elle ! Comment ? Tu dis que tuavais soif ? Et comment sais-tu si elle n'avait pas soif, elleaussi ? Enfin, troisièmement : tu as défait mon pelotonde laine pendant que je ne te regardais pas !

« Ça fait trois sottises, Kitty, et tu n'as encore étépunie pour aucune des trois. Tu sais que je réserve toutes tespunitions pour mercredi en huit… Si on réservait toutes mespunitions à moi, continua-t-elle, plus pour elle-même que pourKitty, qu'est-ce que ça pourrait bien faire à la fin del'année ? Je suppose qu'on m'enverrait en prison quand le jourserait venu. Ou bien… voyons… si chaque punition consistait à sepasser de dîner : alors, quand ce triste jour serait arrivé,je serais obligée de me passer de cinquante dîners à la fois !Mais, après tout, ça me serait tout à fait égal ! Jepréférerais m'en passer que de les manger !

« Entends-tu la neige contre les vitres, Kitty ? Queljoli petit bruit elle fait ! On dirait qu'il y a quelqu'undehors qui embrasse la fenêtre tout partout. Je me demande si laneige aime vraiment les champs et les arbres, pour qu'elle lesembrasse si doucement ? Après ça, vois-tu, elle les recouvrebien douillette-ment d'un couvre-pied blanc ; et peut-êtrequ'elle leur dit : « Dormez, mes chéris, jusqu'à ce que l'étérevienne ». Et quand l'été revient, Kitty, ils se réveil-lent, ilss'habillent tout en vert, et ils se mettent à danser… chaque foisque le vent souffle… Oh ! comme c'est joli ! s'écriaAlice, en laissant tomber le peloton de laine pour battre desmains. Et je voudrais tellement que ce soit vrai ! Je trouveque les bois ont l'air tout endormis en automne, quand les feuillesdeviennent marrons.

« Kitty, sais-tu jouer aux échecs ? Ne souris pas, machérie, je parle très sérieusement. Tout à l'heure, pendant quenous étions en train de jouer, tu as suivi la partie comme si tucomprenais : et quand j'ai dit : « Échec ! » tu t'esmise à ronronner ! Ma foi, c'était un échec très réussi, et jesuis sûre que j'aurais pu gagner si ce méchant Cavalier n'était pasvenu se faufiler au milieu de mes pièces. Kitty, ma chérie, faisonssemblant… ».

Ici, je voudrais pouvoir vous répéter tout ce qu'Alice avaitcoutume de dire en commençant par son expression favorite :« Faisons semblant. » Pas plus tard que la veille, elleavait eu une longue discussion avec sa sœur, parce qu'Al-ice avaitcommencé à dire : « Faisons semblant d'être des rois etdes reines. » Sa sœur, qui aimait beaucoup l'exactitude, avaitprétendu que c'était impossible, étant donné qu'elles n'étaient quedeux, et Alice avait été finalement obligée de dire :« Eh bien, toi, tu seras l'un d'eux, et moi, je serai tous lesautres. »

Et un jour, elle avait causé une peur folle à sa vieillegouvernante en lui criant brusquement dans l'oreille :« Je vous en prie, Mademoiselle, faisons semblant que je soisune hyène affamée, et que vous soyez un os ! » Mais cecinous écarte un peu trop de ce qu'Alice disait à Kitty.« Faisons semblant que tu sois la Reine Rouge, Kitty !Vois-tu, je crois que si tu t'asseyais sur ton derrière en tecroisant les bras, tu lui ressemblerais tout à fait. Allons,essaie, pour me faire plaisir ! » Là-dessus, Alice pritla Reine Rouge sur la table, et la mit devant Kitty pour lui servirde modèle ; mais cette tentative échoua, surtout, prétenditAlice, parce que Kitty refusait de croiser les bras comme il faut.Pour la punir, Alice la tint devant le miroir afin de lui montrercomme elle avait l'air boudeur… « Et si tu n'es pas sage toutde suite, ajouta-t-elle, je te fais passer dans la Maison duMiroir.

Qu'est-ce que tu dirais de ça ?

« Allons, Kitty, si tu veux bien m'écouter, au lieu debavarder sans arrêt, je vais te dire tout ce que je pense de laMaison du Miroir. D'abord, il y a la pièce que tu peux voir dans leMiroir… Elle est exactement pareille à notre salon, mais les chosessont en sens inverse. Je veux la voir tout entière quand je grimpesur une chaise… tout entière, sauf la partie qui est juste derrièrela cheminée. Oh ! je meurs d'envie de la voir ! Jevoudrais tant savoir s'ils font du feu en hiver vois-tu, on n'estjamais fixé à ce sujet, sauf quand notre feu se met à fumer, car,alors, la fumée monte aussi dans cette pièce-là… ; maispeut-être qu'ils font semblant, pour qu'on s'imagine qu'ilsallument du feu… Tiens, tu vois, les livres ressemblent pas mal ànos livres, mais les mots sont à l'envers ; je le sais bienparce que j'ai tenu une fois un de nos livres devant le miroir, et,quand on fait ça, ils tiennent aussi un livre dans l'autrepièce.

« Aimerais-tu vivre dans la Maison du Miroir, Kitty ?Je me demande si on te donnerait du lait. Peut-être que le lait duMiroir n'est pas bon à boire… Et maintenant, oh ! Kitty !maintenant nous arrivons au couloir. On peut tout juste distinguerun petit bout du couloir de la Maison du Miroir quand on laisse laporte de notre salon grande ouverte : ce qu'on aperçoitressemble beaucoup à notre couloir à nous, mais, vois-tu, peut-êtrequ'il est tout à fait différent un peu plus loin. Oh !Kitty ! ce serait merveilleux si on pouvait entrer dans laMaison du Miroir ! Faisons semblant de pouvoir y entrer, d'unefaçon ou d'une autre. Faisons semblant que le verre soit devenuaussi mou que de la gaze pour que nous puissions passer à travers.Mais, ma parole, voilà qu'il se transforme en une sorte debrouillard ! Ça va être assez facile de passer àtravers… » Pendant qu'elle disait ces mots, elle se trouvaitdebout sur le dessus de la cheminée, sans trop savoir comment elleétait venue là. Et, en vérité, le verre commençait bel et bien àdisparaître, exactement comme une brume d'argentbrillante.

Un instant plus tard, Alice avait traversé le verre et avaitsauté légèrement dans la pièce du Miroir. Avant de faire quoi quece fût d'autre, elle regarda s'il y avait du feu dans la cheminée,et elle fut ravie de voir qu'il y avait un vrai feu qui flambaitaussi fort que celui qu'elle avait laissé derrière elle. « Desorte que j'aurai aussi chaud ici que dans notre salon, pensaAlice ; plus chaud même, parce qu'il n'y aura personne icipour me gronder si je m'approche du feu. Oh ! comme ce seradrôle, lorsque mes parents me verront à travers le Miroir et qu'ilsne pourront pas m'attraper ! » Ensuite, s'étant mise àregarder autour d'elle, elle remarqua que tout ce qu'on pouvaitvoir de la pièce quand on se trouvait dans le salon était trèsordinaire et dépourvu d'intérêt, mais que tout le reste étaitcomplètement différent.

Ainsi, les tableaux accrochés au mur à côté du feu avaient tousl'air d'être vivants, et la pendule qui était sur le dessus de lacheminée (vous savez qu'on n'en voit que le derrière dans leMiroir) avait le visage d'un petit vieux qui regardait Alice ensouriant.

« Cette pièce est beaucoup moins bien rangée quel'autre », pensa la fillette, en voyant que plusieurs piècesdu jeu d'échecs se trouvaient dans le foyer au milieu des cendres.Mais un instant plus tard, elle poussa un petit cri de surprise etse mit à quatre pattes pour mieux les observer : les pièces dujeu d'échecs se promenaient deux par deux !

« Voici le Roi Rouge et la Reine Rouge, dit Alice (à voixtrès basse, de peur de les effrayer) ; et voilà le Roi Blancet la Reine Blanche assis au bord de la pelle à charbon… ; etvoilà deux Tours qui s'en vont bras dessus, bras dessous… Je necrois pas qu'ils puissent m'entendre, continua-t-elle, en baissantun peu la tête, et je suis presque certaine qu'ils ne peuvent pasme voir. J'ai l'impression d'être invisible… » À ce moment,elle entendit un glapissement sur la table, et tourna la tête justeà temps pour voir l'un des Pions Blancs se renverser et se mettre àgigoter : elle le regarda avec beaucoup de curiosité pour voirce qui allait se passer.

« C'est la voix de mon enfant ! s'écria la ReineBlanche en passant en trombe devant le Roi qu'elle fit tomber dansles cendres. Ma petite Lily ! Mon trésor !

Mon impériale mignonne ! » Et elle se mit à grimpercomme une folle le long du garde-feu.

« Au diable l'impériale mignonne ! » dit le Roien frottant son nez tout meurtri. (Il avait le droit d'être un toutpetit peu contrarié, car il se trouvait couvert de cendre de latête aux pieds). Alice était fort désireuse de se rendreutile : comme la petite Lily criait tellement qu'elle menaçaitd'avoir des convulsions, elle se hâta de prendre la Reine et de lamettre sur la table à côté de sa bruyante petite fille.

La Reine ouvrit la bouche pour reprendre haleine, ets'assit : ce rapide voyage dans les airs lui avaitcomplètement coupé la respiration, et, pendant une ou deux minutes,elle ne put rien faire d'autre que serrer dans ses bras la petiteLily sans dire un mot. Dès qu'elle eut retrouvé son souffle, ellecria au Roi Blanc qui était assis d'un air maussade dans lescendres :

– Faites attention au volcan !

– Quel volcan ? demanda le Roi, en regardant avecinquiétude, comme s'il jugeait que c'était l'endroit le plus propreà contenir un cratère en éruption.

– M'a… fait… sauter… en… l'air, dit la Reine encore toutehaletante.

Faites bien attention à monter… comme nous faisons d'habitude…ne vous laissez pas projeter en l'air !

Alice regarda le Roi Blanc grimper lentement d'une barre àl'autre, puis elle finit par dire : « Mais tu vas mettredes heures et des heures avant d'arriver à la table, à cetteallure ! Ne crois-tu pas qu'il vaut mieux que jet'aide ? » Le Roi ne fit aucune attention à saquestion : il était clair qu'il ne pouvait ni la voir nil'entendre.

Alice le prit très doucement, et le souleva beaucoup pluslentement qu'elle n'avait soulevé la Reine, afin de ne pas luicouper le souffle ; mais, avant de le poser sur la table, ellecrut qu'elle ferait aussi bien de l'épousseter un peu, car il étaittout couvert de cendre.

Elle raconta par la suite que jamais elle n'avait vu de grimacesemblable à celle que fit le Roi lorsqu'il se trouva tenu en l'airet épousseté par des mains invisibles : il était beaucoup tropstupéfait pour crier, mais ses yeux et sa bouche devinrent de plusen plus grands, de plus en plus ronds, et Alice se mit à rire sifort que sa main tremblante faillit le laisser tomber sur leplancher.

« Oh ! je t'en prie, ne fais pas des grimacespareilles, mon chéri ! » s'écria-t-elle, en oubliant toutà fait que le Roi ne pouvait pas l'entendre. « Tu me fais riretellement que c'est tout juste si j'ai la force de te tenir !Et n'ouvre pas la bouche si grande ! Toute la cendre va y entrer ! Là, je crois que tu es assez propre »,ajouta-t-elle, en lui lissant les cheveux. Puis elle le posa trèssoigneusement sur la table à côté de la Reine.

Le Roi tomba immédiatement sur le dos de tout son long etdemeura parfaitement immobile. Alice, un peu alarmée par ce qu'elleavait fait, se mit à tourner dans la pièce pour voir si ellepourrait trouver un peu d'eau pour la lui jeter au visage, maiselle ne trouva qu'une bouteille d'encre.

Quand elle revint, sa bouteille à la main, elle vit que le Roiavait repris ses sens, et que la Reine et lui parlaient d'une voixterrifiée, si bas qu'elle eut du mal à entendre leurs propos.

Le Roi disait :

– Je vous assure, ma chère amie, que j'en ai été glacé jusqu'àl'extrémité de mes favoris !

Ce à quoi la Reine répliquait :

– Vous n'avez pas de favoris, voyons !

– Jamais, au grand jamais, poursuivit le Roi, je n'oublierail'horreur de cette minute.

– Oh, que si ! dit la Reine, vous l'oublierez si vous n'enprenez pas note.

Alice regarda avec beaucoup d'intérêt le Roi tirer de sa pocheun énorme carnet sur lequel il commença à écrire. Une idée lui vintbrusquement à l'esprit : elle s'empara de l'extrémité ducrayon qui dépassait un peu l'épaule du Roi, et elle se mit àécrire à sa place.

Le pauvre Roi prit un air intrigué et malheureux, et, pendantquelque temps, il lutta contre son crayon sans mot dire ; maisAlice était trop forte pour qu'il pût lui résister, aussi finit-ilpar déclarer d'une voix haletante :

– Ma chère amie ! Il faut absolument que je trouve uncrayon plus mince que celui-ci ! Je ne peux pas lediriger : il écrit toutes sortes de choses que je n'ai jamaiseu l'intention…

– Quelles sortes de choses ? demanda la Reine, en regardantle carnet (sur lequel Alice avait écrit : « Le CavalierBlanc est en train de glisser à cheval sur le tisonnier. Il n'estpas très bien en équilibre. ») Ce n'est certainement pas unenote au sujet de ce que vous avez ressenti !

Sur la table, tout près d'Alice, il y avait un livre. Tout enobservant le Roi Blanc, (car elle était encore un peu inquiète àson sujet, et se tenait prête à lui jeter de l'encre à la figure aucas où il s'évanouirait de nouveau), elle se mit à tourner lespages pour trouver un passage qu'elle pût lire… « car c'estécrit dans une langue que je ne connais pas », sedit-elle.

Et voici ce qu'elle avait sous les yeux :

YKCOWREBBAJ

Sevot xueutcils sel ;eruehlirg tiatté lI
: tneialbirv te edniolla'l rustneiaryG
; sevogorob sel tneiallaxuetovilf tuot
.tneialfinruob sugruof snohcrevseL

Elle se cassa la tête là-dessus pendant un certain temps, puis,brusquement, une idée lumineuse lui vint à l'esprit :« Mais bien sûr ! c'est un livre du Miroir ! Si jele tiens devant un miroir, les mots seront de nouveau comme ilsdoivent être. » Et voici le poème qu'elle lut :

JABBERWOCKY

Il était grilheure ; lesslictueux toves
Gyraient sur l'alloinde etvriblaient :
Tout flivoreux allaient lesborogoves ;
Les verchons fourgusbourniflaient.

« Prends garde auJabberwock, mon fils !
À sa gueule qui mord, à sesgriffes qui happent !
Gare l'oiseau Jubjube, etlaisse
En paix le frumieuxBandersnatch ! »

Le jeune homme, ayant pris savorpaline épée,
Cherchait longtemps l'ennemimanxiquais…
Puis, arrivé près de l'ArbreTépé,
Pour réfléchir un instants'arrêtait.

Or, comme il ruminait desuffêches pensées,
Le Jabberwock, l'œilflamboyant,
Ruginiflant par le boistouffeté,

Arrivait enbarigoulant !

Une, deux ! Une, deux !D'outre en outre,
Le glaive vorpalin virevolte,flac-vlan !
Il terrasse le monstre, et,brandissant sa tête,
Il s'en retournegalomphant.

« Tu as donc tué leJabberwock !
Dans mes bras, mob filsrayonnois !
O jour frabieux !Callouh ! Callock ! »
Le vieux glouffait dejoie.

Il était grilheure : lesslictueux toves
Gyraient sur l'alloinde etvriblaient :
Tout flivoreux allaient lesborogoves ;
Les verchons fourgusbourniflaient.

« Ça a l'air très joli, dit Alice, quand elle eut fini delire, mais c'est assez difficile à comprendre ! »(Voyez-vous elle ne voulait pas s'avouer qu'elle n'y comprenaitabsolument rien). « Ça me remplit la tête de toutes sortesd'idées, mais… mais je ne sais pas exactement quelles sont cesidées ! En tout cas, ce qu'il y a de clair c'est que quelqu'una tué quelque chose… » « Mais, oh ! pensa-t-elle ense levant d'un bond, si je ne me dépêche pas, je vais être obligéede repasser à travers le Miroir avant d'avoir vu à quoi ressemblele reste de la maison. Commençons par le jardin ! » Ellesortit de la pièce en un moment et descendit l'escalier au pas decourse…

En fait, on ne pouvait pas dire qu'elle courait, mais plutôtqu'elle avait inventé une nouvelle façon de descendre un escalier« vite et bien » pour employer ses propres termes. Ellese contenta de laisser le bout de ses doigts sur la rampe, et filavers le bas en flottant dans l'air, sans toucher les marches de sespieds. Puis, elle traversa le vestibule, toujours en flottant dansl'air, et elle aurait franchi la porte de la même façon si elle nes'était pas accrochée au montant. Car elle avait un peu le vertigeà force de flotter dans l'air, et elle fut tout heureuse de marcherà nouveau d'une manière naturelle.

CHAPITRE II

Le Jardin des Fleurs Vivantes

Je verrais le jardin beaucoup mieux, se dit Alice, si jepouvais arriver au sommet de cette colline… et voici un sentier quiy mène tout droit… Du moins, non pas tout droit…, ajouta-t-elleaprès avoir suivi le sentier pendant quelques mètres, et avoir prisplusieurs tournants brusques, mais je suppose qu'il finira bien pary arriver. Quelle façon bizarre de tourner ! On dirait plutôtun tire-bouchon qu'un sentier ! Ah ! cette fois, cetournant va à la colline, je suppose… Mais non, pas du tout !il me ramène tout droit à la maison ! Bon, dans ce cas, jevais revenir sur mes pas. » C'est ce qu'elle fit ; ellemarcha de haut en bas et de bas en haut, en essayant un tournantaprès l'autre, mais, quoi qu'elle pût faire, elle revenait toujoursà la maison. Et même, une fois qu'elle avait pris un tournant plusvite que d'habitude, elle se cogna contre la maison avant d'avoirpu s'arrêter.

« Il est inutile d'insister, dit Alice en regardant lamaison comme si elle discutait avec elle. Je refuse de rentrer. Jesais que je serais obligée de repasser à travers le Miroir… derevenir dans le salon… et ce serait la fin de mesaventures ! » Elle tourna résolument le dos à la maison,puis reprit le sentier une fois de plus, bien décidée à allerjusqu'à la colline. Pendant quelques minutes tout marchabien : mais, au moment précis où elle disait :« Cette fois-ci je suis sûre d'y arriver », le sentierfit un coude brusque et se secoua (du moins c'est ainsi qu'Alicedécrivit la chose par la suite), et, un instant plus tard, elle setrouva bel et bien en train de pénétrer dans la maison.

« Oh ! c'est trop fort ! s'écria-t-elle. Jamaisje n'ai vu une maison se mettre ainsi sur le chemin des gens !Non, jamais. » Cependant, la colline se dressait toujoursdevant elle ; il n'y avait qu'à recommencer. Cette fois, ellearriva devant un grand parterre de fleurs, entouré d'une bordure depâquerettes, ombragé par un saule pleureur qui poussait au beaumilieu.

– Ô, Lis Tigré, dit Alice, en s'adressant à un lis qui sebalançait avec grâce au souffle du vent, comme je voudrais que tupuisses parler.

– Nous pouvons parler, répondit le Lis Tigré ; du moins,quand il y a quelqu'un qui mérite qu'on lui adresse laparole.

Alice fut tellement surprise qu'elle resta sans rien dirependant une bonne minute, comme si cette réponse lui avaitcomplètement coupé le souffle.

Finalement, comme le Lis Tigré se contentait de continuer à sebalancer, elle reprit la parole et demanda d'une voix timide ettrès basse :

– Est-ce que toutes les fleurs peuvent parler ?

– Aussi bien que toi, dit le Lis Tigré, et beaucoup plus fortque toi.

– Vois-tu, déclara une rose, ce serait très mal élevé de notrepart de parler les premières ; je me demandais vraiment si tuallais te décider à dire quelque chose ! Je me disais commeça : « Elle a l'air d'avoir un peu de bon sens, quoiqueson visage ne soit pas très intelligent ! » Malgré tout,tu as la couleur qu'il faut, et ça, ça compte beaucoup.

– Je me soucie fort peu de sa couleur, dit le Lis Tigré. Siseulement ses pétales frisaient un peu plus, elle seraitparfaite.

Alice, qui n'aimait pas être critiquée, se mit à poser desquestions :

– N'avez-vous pas peur quelquefois de rester plantées ici, sanspersonne pour s'occuper de vous ?

– Nous avons l'arbre qui est au milieu, répliqua la Rose. À quoit'imagines-tu qu'il sert ?

– Mais que pourrait-il faire s'il y avait du danger ?demanda Alice.

– Il pourrait aboyer, répondit la Rose.

– Il fait : « Bouah-bouah ! », s'écria unePâquerette ; et c'est pour ça qu'on dit qu'il est enbois !

– Comment ! tu ne savais pas ça ! s'exclama une autrePâquerette.

Et, là-dessus, elles se mirent à crier toutes ensemble, jusqu'àce que l'air fût rempli de petites voix aiguës.

– Silence, tout le monde ! ordonna le Lis Tigré, en sebalançant furieusement dans tous les sens et en tremblant decolère. Elles savent que je ne peux pas les atteindre !ajouta-t-il en haletant et en penchant sa tête frémissante versAlice ; sans quoi elles n'oseraient pas agir ainsi !

– Ça ne fait rien ! dit Alice d'un ton apaisant.

Puis, se penchant vers les Pâquerettes qui s'apprêtaient àrecommencer, elle murmura :

– Si vous ne vous taisez pas tout de suite, je vais vouscueillir !

Il y eut un silence immédiat, et plusieurs Pâquerettes rosesdevinrent toutes blanches.

– Très bien ! s'exclama le Lis Tigré. Les Pâquerettes sontpires que les autres.

Quand l'une d'elles commence à parler, elles s'y mettent toutesensemble, et elles jacassent tellement qu'il y a de quoi vous fairefaner !

– Comment se fait-il que vous sachiez toutes parler sibien ? demanda Alice, qui espérait lui rendre sa bonne humeuren lui adressant un compliment. J'ai déjà été dans pas mal dejardins, mais aucune des fleurs qui s'y trouvaient ne savaitparler.

– Mets ta main par terre, et tâte le sol, ordonna le Lis Tigré.Tu comprendras pourquoi.

Alice fît ce qu'on lui disait.

– La terre est très dure, dit-elle, mais je ne vois pas ce queça peut bien faire.

– Dans la plupart des jardins, déclara le Lis Tigré, on préparedes couches trop molles, de sorte que les fleurs dorment tout letemps.

Alice trouva que c'était une excellente raison, et elle fut trèscontente de l'apprendre.

– Je n'avais jamais pensé à ça ! s'exclama-t-elle.

– À mon avis, fit observer la Rose d'un ton sévère, tu ne pensesjamais à rien.

– Je n'ai jamais vu personne qui ait l'air aussi stupide, ditune Violette, si brusquement qu'Alice fit un véritable bond, car laViolette n'avait pas parlé jusqu'alors.

– Veux-tu bien te taire, toi ! s'écria le Lis Tigré. Commesi tu ne voyais jamais les gens ! Tu gardes toujours la têtesous tes feuilles, et tu te mets à ronfler tant que tu peux, sibien que tu ignores ce qui se passe dans le monde, exactement commesi tu étais un simple bouton !

– Y a-t-il d'autres personnes que moi dans le jardin ?demanda Alice, qui préféra ne pas relever la dernière remarque dela Rose.

– Il y a une fleur qui peut se déplacer comme toi, répondit laRose. Je me demande comment vous vous y prenez… (« Tu estoujours en train de te demander des choses », fit observer leLis Tigré)… Mais elle est plus touffue que toi.

– Est-ce qu'elle me ressemble ? demanda Alice vivement, carelle venait de penser : « Il y a une autre petite fillequelque part dans le jardin ! » – Ma foi, elle a la mêmeforme disgracieuse que toi, répondit la Rose ; mais elle estplus rouge… et j'ai l'impression que ses pétales sont un peu pluscourts que les tiens.

– Ses pétales sont très serrés, presque autant que ceux d'undahlia, dit le Lis Tigré ; au lieu de retomber n'importecomment, comme les tiens.

– Mais, bien sûr, ça n'est pas ta faute, continua la Rose trèsgentiment. Vois-tu, c'est parce que tu commences à te faner… À cemoment-là, on ne peut pas empêcher ses pétales d'être un peu endésordre.

Cette idée ne plut pas du tout à Alice, et, pour changer deconversation, elle demanda :

– Est-ce qu'elle vient quelquefois par ici ?

– Je pense que tu ne tarderas pas à la voir, répondit la Rose.Elle appartient à une espèce épineuse.

– Où porte-t-elle ses épines ? demanda Alice, non sanscuriosité.

– Autour de la tête, bien sûr, répondit la Rose. Je me demandaispourquoi tu n'en avais pas, toi. Je croyais que c'était larègle.

– La voilà qui arrive ! cria le Pied d'Alouette. J'entendsson pas, boum, boum, dans l'allée sablée !

Alice se retourna vivement, et s'aperçut que c'était la ReineRouge. « Ce qu'elle a grandi ! » s'exclama-t-elle.Elle avait terriblement grandi en effet : lorsqu'Alice l'avaittrouvée dans les cendres, elle ne mesurait que sept centimètres… etvoilà qu'à présent elle dépassait la fillette d'unedemi-tête !

– C'est l'air pur qui fait ça, déclara la Rose c'est un airmerveilleux qu'on a ici.

– J'ai envie d'aller à sa rencontre, dit Alice. (Car, bien sûr,les fleurs étaient très intéressantes, mais elle sentait qu'ilserait bien plus merveilleux de parler à une vraie Reine). – C'estimpossible, dit la Rose. Moi, je te conseille de marcher dansl'autre sens.

Alice trouva ce conseil stupide. Elle ne répondit rien, mais sedirigea immédiatement vers la Reine Rouge. À sa grande surprise,elle la perdit de vue en un moment, et se trouva de nouveau entrain de pénétrer dans la maison.

Légèrement agacée, elle fit demi-tour, et, après avoir cherchéde tous côtés la Reine (qu'elle finit par apercevoir dans lelointain), elle décida d'essayer, cette fois-ci, d'aller dans ladirection opposée.

Cela réussit admirablement. À peine avait-elle marché pendantune minute qu'elle se trouvait face à face avec la Reine Rouge,tandis que la colline qu'elle essayait d'atteindre depuis silongtemps se dressait bien en vue devant elle.

– D'où viens-tu ? demanda la Reine Rouge. Et oùvas-tu ? Lève la tête, réponds poliment, et n'agite pas tesmains sans arrêt.

Alice exécuta tous ces ordres, puis, elle expliqua de son mieuxqu'elle avait perdu son chemin.

– Je ne comprends pas pourquoi tu prétends que tu as perdu tonchemin, dit la Reine Rouge ; tous les chemins qui sont icim'appartiennent… Mais pourquoi es-tu venue ici ? ajouta-t-elled'un ton plus doux. Fais la révérence pendant que tu réfléchis à ceque tu vas répondre. Ça permet de gagner du temps.

Ceci ne manqua pas de surprendre Alice, mais elle avait une tropsainte terreur de la Reine pour ne pas croire ce qu'elle venait dedire. « J'essaierai ça quand je serai de retour à la maison,pensa-t-elle, la prochaine fois où je serai un peu en retard pourle dîner ».

– Il est temps que tu me répondes, fit observer la Reine enregardant sa montre.

Ouvre la bouche un tout petit peu plus en parlant, et n'oubliepas de dire : « Votre Majesté ».

– Je voulais simplement voir comment était le jardin, VotreMajesté…

– Très bien, dit la Reine, en lui tapotant la tête, ce quidéplut beaucoup à Alice. Mais, puisque tu parles de« jardin », moi j'ai vu des jardins auprès duquelcelui-ci serait un véritable désert.

Alice n'osa pas discuter sur ce point, et continua :

– …et j'avais l'intention d'essayer de grimper jusqu'au sommetde cette colline…

– Puisque tu parles de « colline », reprit la Reine,moi, je pourrais te montrer des collines auprès desquelles celle-cine serait qu'une vallée pour toi.

– Certainement pas, déclara Alice, qui finit par se laisseraller à la contredire. Une colline ne peut pas être une vallée. Ceserait une absurdité…

La Reine Rouge hocha la tête.

– Tu peux appeler ça « une absurdité » si ça te plaît,dit-elle. Mais, moi, j'ai entendu des absurdités auprès desquellesceci paraîtrait aussi raisonnable qu'un dictionnaire !

Alice fit une autre révérence, car, d'après le ton de la Reine,elle craignait de l'avoir un tout petit peu offensée. Puis ellesmarchèrent en silence jusqu'au sommet de la colline.

Pendant quelques minutes, Alice resta sans mot dire à regarderle pays qui s'étendait devant elle… et c'était vraiment un drôle depays. Plusieurs petits ruisseaux le parcouraient d'un bout àl'autre, et l'espace compris entre les ruisseaux était divisé encarrés par plusieurs haies perpendiculaires auxruisseaux.

– Ma parole, on dirait exactement les cases d'unéchiquier ! s'écria enfin Alice. Il devrait y avoir des piècesqui se déplacent quelque part… Et il y en a ! ajouta-t-elled'un ton ravi, tandis que son cœur se mettait à battre plus vite.C'est une grande partie d'échecs qui est en train de se jouer… dansle monde entier… du moins, si ce que je vois est bien le monde.Oh ! comme c'est amusant ! Comme je voudrais être une despièces ! Ça me serait égal d'être un Pion, pourvu que jepuisse prendre part au jeu… mais, naturellement, je préféreraisêtre une Reine.

Elle jeta un coup d'œil timide à la vraie Reine en prononçantces mots, mais sa compagne se contenta de sourire aimablement etlui dit :

– C'est très facile. Si tu veux, tu peux être le Pion de laReine Blanche, étant donné que Lily est trop jeune pour jouer. Pourcommencer, tu es dans la Seconde Case, et, quand tu arriveras dansla Huitième Case, tu seras une Reine…

Juste à ce moment, je ne sais pourquoi, elles se mirent àcourir.

En y réfléchissant plus tard, Alice ne put comprendre commentcela s'était fait : tout ce qu'elle se rappelle, c'estqu'elles étaient en train de courir, la main dans la main, et quela Reine courait si vite que la fillette avait beaucoup de mal à semaintenir à sa hauteur. La Reine n'arrêtait pas de crier :« Plus vite ! », et Alice sentait bien qu'il luiétait absolument impossible d'aller plus vite, quoiqu'elle n'eûtpas assez de souffle pour le dire.

Ce qu'il y avait de plus curieux, c'est que les arbres et tousles objets qui les entouraient ne changeaient jamais deplace : elles avaient beau aller vite, jamais elles nepassaient devant rien. « Je me demande si les choses sedéplacent en même temps que nous ? » pensait la pauvreAlice, tout intriguée. Et la Reine semblait deviner ses pensées,car elle criait : « Plus vite ! Ne parlepas ! » Alice ne songeait pas le moins du monde à parler.Elle était tellement essoufflée qu'il lui semblait qu'elle neserait plus jamais capable de dire un mot et la Reine criaittoujours : « Plus vite ! Plus vite ! » enla tirant de toutes ses forces.

– Est-ce que nous y sommes bientôt ? parvint à articulerAlice, tout haletante.

– Si nous y sommes bientôt ! répéta la Reine. Mais, voyons,nous avons passé devant il y a dix minutes ! Plusvite !

Elles continuèrent à courir en silence pendant quelque temps, etle vent sifflait si fort aux oreilles d'Alice qu'elle avaitl'impression qu'il lui arrachait presque les cheveux.

– Allons ! Allons ! criait la Reine. Plus vite !Plus vite !

Elles allaient si vite qu'à la fin on aurait pu croire qu'ellesglissaient dans l'air, en effleurant à peine le sol de leurspieds ; puis, brusquement, au moment où Alice se sentaitcomplètement épuisée, elles s'arrêtèrent, et la fillette seretrouva assise sur le sol, hors d'haleine et tout étourdie.

La Reine l'appuya contre un arbre, puis lui dit avecbonté :

– Tu peux te reposer un peu à présent.

Alice regarda autour d'elle d'un air stupéfait.

– Mais voyons, s'exclama-t-elle, je crois vraiment que nousn'avons pas bougé de sous cet arbre ! Tout est exactementcomme c'était !

– Bien sûr, répliqua la Reine ; comment voudrais-tu que cefût ?

– Ma foi, dans mon pays à moi, répondit Alice, encore un peuessoufflée, on arriverait généralement à un autre endroit si oncourait très vite pendant longtemps, comme nous venons de lefaire.

– On va bien lentement dans ton pays ! Ici, vois-tu, on estobligé de courir tant qu'on peut pour rester au même endroit. Si onveut aller ailleurs, il faut courir au moins deux fois plus viteque ça !

– Je vous en prie, j'aime mieux pas essayer ! Je me trouvetrès bien ici…. sauf que j'ai très chaud et très soif !

– Je sais ce qui te ferait plaisir ! déclara la Reine avecbienveillance, en tirant une petite boîte de sa poche. Veux-tu unbiscuit ?

Alice jugea qu'il serait impoli de refuser, quoiqu'elle n'eûtpas la moindre envie d'un biscuit. Elle le prit et le mangea de sonmieux ; il était très sec, et elle pensa que jamais de sa vieelle n'avait été en si grand danger de s'étouffer.

– Pendant que tu es en train de te rafraîchir, reprit la Reine,je vais prendre les mesures.

Elle tira de sa poche un ruban divisé en centimètres, et se mità mesurer le terrain, en enfonçant de petites chevilles à certainspoints.

– Quand j'aurai parcouru deux mètres, dit-elle en enfonçant unecheville pour marquer l'endroit, je te donnerai mes instructions…Veux-tu un autre biscuit ?

– Non, merci ; un seul me suffit largement !

– Ta soif est calmée, j'espère ?

Alice ne sut que répondre à cela, mais, fort heureusement, laReine n'attendit pas sa réponse, et continua :

– Quand je serai arrivée au troisième mètre, je te lesrépèterai… de peur que tu ne les oublies. Au bout du quatrièmemètre, je te dirai au revoir. Au bout du cinquième mètre, je m'enirai !

Elle avait maintenant enfoncé toutes les chevilles, et Alice laregarda d'un air très intéressé revenir à l'arbre, puis marcherlentement le long de la ligne droite qu'elle venait de tracer.

Arrivée à la cheville qui marquait le deuxième mètre, elle seretourna et dit :

– Un pion franchit deux cases quand il se déplace pour lapremière fois. Donc, tu traverseras la Troisième Case trèsrapidement… probablement par le train… Et tu te trouveras tout desuite dans la Quatrième Case. Cette case-là appartient à BonnetBlanc et à Blanc Bonnet… La Cinquième ne renferme guère que del'eau… La Sixième appartient au Gros Coco… Mais tu ne disrien ?…

– Je… je ne savais pas que je devais dire quelque chose… pourl'instant du moins…, balbutia Alice.

– Tu aurais dû dire, continua la Reine d'un ton de gravereproche : « C'est très aimable à vous de me donnertoutes ces indications »… Enfin, mettons que tu l'aies dit… LaSeptième Case est complètement recouverte par une forêt… mais undes Cavaliers te montrera le chemin. Finalement, dans la HuitièmeCase, nous serons Reines toutes les deux : il y aura un grandfestin et de grandes réjouissances !

Alice se leva, fit la révérence, et se rassit.

Arrivée à la cheville suivante, la Reine se retourna une fois deplus et dit :

– Parle français quand tu ne trouves pas le mot anglais pourdésigner un objet…. écarte bien tes orteils en marchant… etrappelle-toi qui tu es.

Cette fois, elle ne donna pas à Alice le temps de faire larévérence ; elle alla très vite jusqu'à la cheville suivante,se retourna pour dire au revoir, et gagna rapidement la dernièrecheville.

Alice ne sut jamais comment cela se fit, mais, dès que la Reineparvint à la dernière cheville, elle disparut. Il lui futimpossible de deviner si elle s'était évanouie dans l'air ou sielle avait couru très vite dans le bois (« et elle est capablede courir très vite ! » pensa Alice). Ce qu'il y a de sûrc'est qu'elle disparut : alors, la fillette se rappela qu'elleétait un pion et qu'il serait bientôt temps de se déplacer.

CHAPITRE III

Insectes du Miroir

Naturellement, elle commença par examiner en détail le paysqu'elle allait parcourir : « Ça me rappelle beaucoup mesleçons de géographie, pensa-t-elle en se dressant sur la pointe despieds dans l'espoir de voir un peu plus loin.

Fleuves principaux... il n'y en a pas. Montagnes principales... jesuis la seule qui existe, mais je ne crois pas qu'elle ait un nom. Villes principales...

Tiens, quelles sont ces créatures qui font du miel là-bas ? Ça ne peut pas être des abeilles... personne n'a jamais pu distinguerdes abeilles à un kilomètre de distance... » Et pendant quelquesminutes elle resta sans rien dire à regarder l'une d'elles quis'affairait au milieu des fleurs dans lesquelles elle plongeait satrompe, « exactement comme si c'était une abeilleordinaire », pensa Alice.

Mais c'était tout autre chose qu'une abeille ordinaire : enfait c'était un éléphant, comme Alice ne tarda pas à s'enapercevoir, bien que cette idée lui coupât le souffle tout d'abord. « Ce que les fleurs doivent être énormes ! se dit-elletout de suite après. Elles doivent ressembler à des petites maisonsdont on aurait enlevé le toit et qu'on aurait placées sur une tige... Et quelles quan-tités de miel ils doivent faire ! Je crois queje vais descendre pour...

Non, je ne vais pas y aller tout de suite, continua-t-elle, ense retenant au moment où elle s'apprêtait à descendre la colline aupas de course, et en es-sayant de trouver une excuse à cette craintesoudaine. « Ça ne serait pas très malin de descendre au milieud'eux sans avoir une longue branche bien solide pour les chasser... Et ce que ça sera drôle quand on me demandera si mon voyage m'aplu ! Je répondrai : Oh, il m'a beaucoup plu... (Ici, ellerejeta la tête en arrière d'un mouvement qui lui étaitfamilier) ; seulement il faisait très chaud, il y avaitbeaucoup de poussière, et les éléphants étaientinsupportables !« Je crois que je vais descendre de l'autre côté,poursuivit-elle au bout d'un moment. Peut-être que je pourrai allervoir les éléphants un peu plus tard.

D'ailleurs, il me tarde tellement d'entrer dans la TroisièmeCase ! » Sur cette dernière excuse, elle descendit lacolline en courant, et franchit d'un bond le premier des sixruisseaux.

– Billets, s'il vous plaît ! dit le Contrôleur en passantla tête par la portière.

En un instant tout le monde eut un billet à la main : lesbillets étaient presque de la même taille que les voyageurs, et onaurait dit qu'ils remplissaient tout le wagon.– Allons ! montre ton billet, petite ! continua leContrôleur, en regardant Alice d'un air furieux.

Et plusieurs voix dirent en même temps, (« comme un refrainqu'on chante en chœur », pensa Alice) :

– Ne le fais pas attendre, petite ! Songe que son tempsvaut mille livres sterling par minute !

– Je crains bien de ne pas avoir de billet, dit Alice d'un toncraintif ; il n'y avait pas de guichet à l'endroit d'où jeviens.

Et, de nouveau, les voix reprirent en chœur :

– Il n'y avait pas la place de mettre un guichet à l'endroitd'où elle vient. Là-bas, le terrain vaut mille livres le centimètrecarré !

– Inutile d'essayer de t'excuser, reprit le Contrôleur ; tuaurais dû en acheter un au mécanicien.

Et, une fois de plus, les voix reprirent en chœur :

– C'est l'homme qui conduit la locomotive. Songe donc :rien que la fumée vaut mille livres la bouffée !

Alice pensa : « En ce cas, il est inutile deparler. » Les voix ne reprirent pas ses paroles en chœur,étant donné qu'elle n'avait pas parlé, mais, à sa grande surprise,tous se mirent à penser en chœur (j'espère que vous savez ce quesignifie penser en chœur… car, moi, j'avoue que je l'ignore) :« Mieux vaut ne rien dire du tout. La parole vaut mille livresle mot » « Je vais rêver de mille livres cette nuit,c'est sûr et certain » se dit Alice.

Pendant tout ce temps-là, le Contrôleur n'avait pas cessé de laregarder, d'abord au moyen d'un télescope, ensuite au moyen d'unmicroscope, et enfin au moyen d'une lunette de théâtre. Finalementil déclara : « Tu voyages dans la mauvaisedirection », releva la vitre côté de la portière, et s'éloigna.

– Une enfant si jeune, dit le monsieur qui était assis en faced'elle (il était vêtu de papier blanc), devrait savoir dans quelledirection elle va, même si elle ne sait pas son proprenom !

Un Bouc, installé à côté du monsieur vêtu de blanc, ferma lesyeux et dit à haute voix :

– Elle devrait savoir trouver un guichet, même si elle ne saitpas son alphabet !

Un Scarabée se trouvait assis à côté du Bouc (c'était un groupede voyageurs des plus étranges, en vérité !) et, comme ilssemblaient avoir pour règle de parler l'un à la suite de l'autre,ce fut lui qui continua en ces termes :

– Elle sera obligée de partir d'ici comme colis !

Alice ne pouvait distinguer qui était assis de l'autre côté duScarabée, mais ce fut une voix rauque qui parla après lui.« Changer de locomotive… », commença-t-elle, puis elles'étouffa et fut obligée de s'interrompre.

« Cette voix est rude comme un roc », pensa Alice.

Et une toute petite voix, tout contre son oreille, dit :« Tu pourrais faire un jeu de mots à ce sujet… quelque chosesur "roc" et sur "rauque" vois-tu ? » Puis une voix trèsdouce murmura dans le lointain : « Il faudra l'emballersoigneusement, et mettre une étiquette : "Fragile". »Après cela, plusieurs voix continuèrent à parler. (« C'est fouce qu'il y a de voyageurs dans ce wagon ! » pensa Alice).Elles disaient : « Elle devrait voyager par la poste,puisqu'elle a une tête comme on en voit sur les timbres »…« Il faut l'envoyer par message télégraphique »…« Il faut qu'elle tire le train derrière elle pendant le restedu voyage »… etc.

Mais le monsieur vêtu de papier blanc se pencha vers elle et luimurmura à l'oreille :

– Ne fais pas attention à ce qu'ils disent, mon enfant, etprends un billet de retour chaque fois que le train s'arrêtera.

– Je n'en ferai rien ! déclara Alice d'un ton pleind'impatience. Je ne fais pas du tout partie de ce voyage… Ce wagonme déplaît… Ces sièges sont durs comme du bois !… Ah !comme je voudrais revenir dans le bois où j'étais tout àl'heure !

– Tu pourrais faire un jeu de mots à ce sujet, dit la petitevoix tout près de son oreille, quelque chose comme « dans unbois » et : « sur du bois », vois-tu ?

– Arrêtez de me taquiner, dit Alice, en regardant vainementautour d'elle pour voir d'où la voix pouvait bien venir. Si voustenez tellement aux jeux de mots, pourquoi n'en faites-vous pas unvous-même ?

La petite voix soupira profondément ; il semblait évidentqu'elle était très malheureuse, et Alice aurait prononcé quelquesmots compatissants pour la consoler, « si seulement ellesoupirait comme tout le monde ! » pensa-t-elle.

Mais c'était un soupir si extraordinairement léger qu'elle nel'aurait absolument pas entendu s'il ne s'était pas produit toutprès de son oreille. En conséquence, il la chatouilla terriblement,et lui fit complètement oublier le malheur de la pauvre petitecréature.

– Je sais que tu es une amie, continua la petite voix, une amieintime, une vieille amie, et tu ne me ferais pas de mal, bien queje sois un insecte.

– Quel genre d'insecte ? demanda Alice non sans inquiétude.(Ce qu'elle voulait vraiment savoir, c'était s'il piquait ou non,mais elle jugea qu'il ne serait pas très poli de le demander). »Comment, mais alors tu n'aimes… » commença la petite voix ;mais elle fut étouffée par un sifflement strident de la locomotive,et tout le monde fit un bond de terreur, Alice comme lesautres.

Un cheval, qui avait passé la tête par la portière, la retiratranquillement et dit : « Ce n'est rien ; c'est unruisseau que nous allons sauter. » Tout le monde semblasatisfait, mais Alice se sentit un peu inquiète à l'idée que letrain pouvait sauter. « De toute façon, il nous amènera dansla Quatrième Case, ce qui est assez réconfortant ! »pensa-t-elle.

Un instant plus tard, elle sentit le wagon se soulever toutdroit dans l'air, et, dans sa terreur, elle se cramponna à lapremière chose qui lui tomba sous la main, qui se trouva être labarbe du Bouc.

Mais la barbe sembla disparaître au moment précis où elle latouchait, et elle se trouva assise tranquillement sous un arbre…tandis que le Moucheron (car tel était l'insecte à qui elle avaitparlé) se balançait sur une branche juste au-dessus de sa tête etl'éventait de ses ailes.

À vrai dire, c'était un très, très gros Moucheron « à peuprès de la taille d'un poulet », pensa Alice. Malgré tout,elle n'arrivait pas à avoir peur de lui, après la longueconversation qu'ils avaient eue.

– … alors tu n'aimes pas tous les insectes ? continua leMoucheron aussi tranquillement que si rien ne s'était passé.

– Je les aime quand ils savent parler, répondit Alice. Dans lepays d'où je viens, aucun insecte ne parle.

– Et quels sont les insectes que tu as le bonheur de connaîtredans le pays d'où tu viens ?

– Les insectes ne me procurent aucune espèce de bonheur parcequ'ils me font plutôt peur… du moins les gros… Mais je peux te direle nom de quelques-uns d'entre eux.

– Je suppose qu'ils répondent quand on les appelle par leurnom ? demanda le Moucheron d'un ton négligent.

– Je ne les ai jamais vus faire cela.

– À quoi ça leur sert d'avoir un nom, s'ils ne répondent pasquand on les appelle ?

– Ça ne leur sert de rien, à eux, mais je suppose que c'estutile aux gens qui leur donnent des noms. Sans ça, pourquoi est-ceque les choses auraient un nom ?

– Je ne sais pas. Dans le bois, là-bas, les choses et les êtresvivants n'ont pas de nom… Néanmoins, donne-moi ta listed'insectes.

– Eh bien, il y a d'abord le Taon, commença Alice, en comptantsur ses doigts.

– Et qu'est-ce que le Taon ?

– Si tu préfères, c'est une Mouche-à-chevaux, parce qu'elles'attaque aux chevaux.

– Je vois. Regarde cet animal sur ce buisson : c'est uneMouche-à-chevaux-de-bois. Elle est faite entièrement de bois, et sedéplace en se balançant de branche en branche.

– De quoi se nourrit-elle ? demanda Alice avec beaucoup decuriosité.

– De sève et de sciure. Continue, je t'en prie.

Alice examina la Mouche-à-chevaux-de-bois avec grand intérêt, etdécida qu'on venait sans doute de la repeindre à neuf, tellementelle semblait luisante et gluante. Puis, elle reprit :

– Il y a aussi la Libellule-des-ruisseaux.

– Regarde sur la branche qui est au-dessus de ta tête, et tu yverras une Libellule-des-brûlots. Son corps est fait deplum-pudding ; ses ailes, de feuilles de houx ; et satête est un raisin sec en train de brûler dans de l'eau-de-vie.

– Et de quoi se nourrit-elle ?

– De bouillie de froment et de pâtés au hachis de fruits ;elle fait son nid dans une boîte à cadeaux de Noël.

– Ensuite, il y a le Papillon, continua Alice, après avoir bienexaminé l'insecte à la tête enflammée (tout enpensant : » Je me demande si c'est pour ça que lesinsectes aiment tellement voler dans la flamme des bougies…. pouressayer de devenir des Libellules-des-brûlots ! »)

– En train de ramper à tes pieds, dit le Moucheron (Alice reculases pieds vivement non sans inquiétude), se trouve un Tartinillon.Ses ailes sont de minces tartines de pain beurré, et sa tête est unmorceau de sucre.

– Et de quoi se nourrit-il ?

– De thé léger avec du lait dedans.

Une nouvelle difficulté se présenta à l'espritd'Alice :

– Et s'il ne pouvait pas trouver de thé et de lait ?suggéra-t-elle.

– En ce cas, il mourrait, naturellement.

– Mais ça doit arriver très souvent, fit observer Alice d'un tonpensif.

– Ça arrive toujours, dit le Moucheron.

Là-dessus Alice garda le silence pendant une ou deux minutes, etse plongea dans de profondes réflexions. Le Moucheron, pendant cetemps, s'amusa à tourner autour de sa tête en bourdonnant.Finalement, il se posa de nouveau sur la branche etdemanda :

– Je suppose que tu ne voudrais pas perdre ton nom ?

– Non sûrement pas, répondit Alice d'une voix plutôtanxieuse.

– Pourtant ça vaudrait peut-être mieux, continua le Moucherond'un ton négligent. Songe combien ce serait commode si tu pouvaist'arranger pour rentrer chez toi sans ton nom ! Par exemple sita gouvernante voulait t'appeler pour te faire réciter tes leçons,elle crierait : « Allons »…. puis elle serait-tobligée de s'arrêter, parce qu'il n'y aurait plus de nom qu'ellepuisse appeler, et, naturellement, tu ne serais pas obligée d'yaller.

– Ça ne se passerait pas du tout comme ça, j'en suis sûre. Magouvernante ne me dispenserait pas de mes leçons pour si peu. Sielle ne pouvait pas se rappeler mon nom, elle crierait :« Allons, là-bas, Mademoiselle ! » – Eh bien, sielle te disait : « Allons là-bas,Mademoiselle ! » sans rien ajouter d'autre, tu t'en iraislà-bas, et ainsi tu ne réciterais pas tes leçons.

C'est un jeu de mots. Je voudrais bien que ce soit toi quil'aies fait !

– Pourquoi voudrais-tu que ce soit moi qui l'aie fait ?C'est un très mauvais jeu de mots !

Mais le Moucheron se contenta de pousser un profond soupir,tandis que deux grosses larmes roulaient sur ses joues.

– Tu ne devrais pas faire de plaisanteries, dit Alice, puisqueça te rend si malheureux.

Il y eut un autre soupir mélancolique, et, cette fois, Alice putcroire que le Moucheron s'était fait disparaître en soupirant, car,lorsqu'elle leva les yeux, il n'y avait plus rien du tout sur labranche. Comme elle commençait à avoir très froid à force d'êtrerestée assise sans bouger pendant si longtemps, elle se leva et seremit en route.

Bientôt, elle arriva devant un espace découvert, de l'autre côtéduquel s'étendait un grand bois : il avait l'air beaucoup plussombre que le bois qu'elle avait laissé derrière elle, et elle sesentit un tout petit peu intimidée à l'idée d'y pénétrer.Néanmoins, après un moment de réflexion, elle décida de continuer àavancer : « car je ne veux absolument pas revenir enarrière », pensa-t-elle, et c'était la seule route qui menât àla Huitième Case.

« Ce doit être le bois, se dit-elle pensivement, où leschoses et les êtres vivants n'ont pas de nom. Je me demande ce quiva arriver à mon nom, à moi, lorsque j'y serai entrée… Jen'aimerais pas du tout le perdre, parce qu'on serait obligé de m'endonner un autre et qu'il serait presque sûrement très vilain. Mais,d'un autre côté, ce que ça serait drôle d'essayer de trouver lacréature qui porterait mon ancien nom ! Ce serait tout à faitcomme ces annonces qu'on voit, quand les gens perdent leurchien : « répond au nom de : Médor ; portait uncollier de cuivre… » je me vois en train d'appeler :« Alice » toutes les créatures que je rencontreraisjusqu'à ce qu'une d'elles réponde !

Mais, naturellement, si elles avaient pour deux sous de bonsens, elles ne répondraient pas ».

Elle était en train de divaguer ainsi lorsqu'elle atteignit lebois qui semblait plein d'ombre fraîche. « Ma foi, en toutcas, c'est très agréable, poursuivit-elle en pénétrant sous lesarbres, après avoir eu si chaud, d'arriver dans le… dans le… aufait, dans quoi ? continua-t-elle, un peu surprise de ne paspouvoir trouver le mot. Je veux dire : d'arriver sous les…sous les…sous ceci ! dit-elle en mettant la main sur le tronc d'unarbre : Comment diable est-ce que ça s'appelle ? Je croisvraiment que ça n'a pas de nom… Mais, voyons, bien sûr que ça n'ena pas ! » Elle resta à réfléchir en silence pendant unebonne minute ; puis brusquement, elle s'exclama « Ainsi,ça a bel et bien fini par arriver ! C'était doncvrai !

Et maintenant, qui suis-je ? Je veux absolument m'ensouvenir, si c'est possible ! Je suis tout à fait décidée àm'en souvenir ! » Mais, elle avait beau être tout à faitdécidée, cela ne lui servit pas à grand-chose ; tout cequ'elle put trouver, après s'être cassé la tête pendant un bonmoment, ce fut ceci : « L, je suis sûre que ça commencepar L. ! » Juste à ce moment-là, un Faon arriva tout près d'elle. Il la regarda de ses grands yeux doux, sans avoir l'aireffrayé le moins du monde. « Viens, mon petit ! »dit Alice, en étendant la main et en essayant de le caresser ;mais il se contenta de reculer un peu, puis s'arrêta pour laregarder de nouveau.

– Qui es-tu ? demanda le Faon. (Quelle voix douce ilavait !) « Je voudrais bien le savoir ! » pensala pauvre Alice. Puis, elle répondit, assez tristement :

– Je ne suis rien, pour l'instant.

– Réfléchis un peu, dit le Faon ; ça ne peut pas allercomme ça.

Alice réfléchit, mais sans résultat.

– Pourrais-tu, je te prie, me dire qui tu es, toi ?demanda-t-elle d'une voix timide. Je crois que ça m'aiderait unpeu.

– Je vais te le dire si tu viens avec moi plus loin, répondit leFaon. Ici, je ne peux pas m'en souvenir.

Alice entoura tendrement de ses bras le cou du Faon au douxpelage, et tous deux traversèrent le bois. Quand ils arrivèrent enterrain découvert, le Faon fit un bond soudain et s'arracha desbras de la fillette.

– Je suis un Faon ! s'écria-t-il d'une voix ravie. Mais,mon Dieu, ajouta-t-il, toi, tu es un petit d'homme !

Une lueur d'inquiétude s'alluma brusquement dans ses beaux yeuxmarrons, et, un instant plus tard, il s'enfuyait à touteallure.

Alice resta immobile à le regarder, prête à pleurer decontrariété d'avoir perdu si vite son petit compagnon de voyagebien-aimé. « Enfin, je sais mon nom à présent, sedit-elle ; c'est déjà une consolation. Alice… Alice… je nel'oublierai pas. Et maintenant, auquel de ces deux poteauxindicateurs dois-je me fier ? Je me le demande. » Iln'était pas difficile de répondre à cette question, car il n'yavait qu'une seule route, et les deux poteaux indicateur-smontraient la même direction. « Je prendrai une décision, sedit Alice, lorsque la route se divisera en deux, et que les poteauxindicateurs montreront des directions différentes. » Cecisemblait ne jamais devoir arriver. En effet, Alice marchalongtemps ; mais, chaque fois que la route bifurquait, lesdeux poteaux indicateurs étaient toujours là et montraient la mêmedirection. Sur l'un on lisait : VERS LA MAISON DE BONNETBLANC, et sur l'autre : VERS DE BLANC BONNET LA MAISON.

« Je suis sûre, finit par dire Alice, qu'ils vivent dans lamême maison !

J'aurais dû y penser plus tôt… Mais il ne faudra pas que je m'yattarde. Je me contenterai de leur faire une petite visite, de leurdire : « Comment allez-vous ? » et de leur demander par oùje peux sortir du bois. Si je pouvais arriver à la Huitième Caseavant la nuit ! » Elle continua à marcher, tout en parlant sans arrêt, chemin faisant, jusqu'à ce que, après avoirpris un tournant brusque, elle tombât tout d'un coup sur deux grospetits bonhommes. Elle fut si surprise qu'elle ne put s'empêcher dereculer ; mais, un instant plus tard, elle reprit sonsang-froid, car elle avait la certitude que les deux petitsbonshommes devaient être…

CHAPITRE IV

Bonnet Blanc et Blanc Bonnet

Ils se tenaient sous un arbre ; chacun d'eux avait un braspassé autour du cou de l'autre, et Alice put les différencier d'unseul coup d'œil, car l'un avait le Mot BONNET brodé sur le devantde son col, et l'autre le Mot BLANC. « Je suppose que lepremier doit avoir BLANC sur le derrière de son col, et que lesecond doit avoir BONNET, se dit-elle.

Ils gardaient une immobilité si parfaite qu'elle oublia qu'ilsétaient vivants.

Elle s'apprêtait à regarder le derrière de leur col pour savoirsi elle avait deviné juste, quand elle sursauta en entendant unevoix qui venait de celui qui était marqué BONNET.

– Si tu nous prends pour des figures de cire, déclara-t-il, tudevrais payer pour nous regarder. Les figures de cire n'ont pas étéfaites pour qu'on les regarde gratis. En aucune façon !

– Tout au contraire, ajouta celui qui était marqué« BLANC », si tu crois que nous sommes vivants, tudevrais nous parler.

– Je vous fais toutes mes excuses, dit Alice.

Elle fut incapable d'ajouter autre chose, car les paroles de lavieille chanson résonnaient dans sa tête sans arrêt, comme letic-tac d'une horloge, et elle eut beaucoup de peine à s'empêcherde les réciter à haute voix :

> Bonnet Blanc dit que BlancBonnet
> Lui avait brisé sacrécelle ;
> Et Bonnet Blanc et BlancBonnet
> Dirent : « Vidons cettequerelle. »
>
> Mais un énorme et noircorbeau
> Juste à côté d'eux vints'abattre ;
> Il fit si peur aux deuxhéros
> Qu'ils oublièrent de sebattre.

– Je sais à quoi tu es en train de penser, dit BonnetBlanc ; mais ce n'est pas vrai, en aucune façon.

– Tout au contraire, continua Blanc Bonnet, si c'était vrai, cela ne pourrait pas être faux ; et en admettant que ce fûtvrai, cela ne serait pas faux ; mais comme ce n'est pas vrai, c'est faux. Voilà de la bonne logique.

J'étais en train de me demander, dit Alice très poliment, quelchemin il faut prendre pour sortir de ce bois, car il commence à sefaire tard. Voudriez-vous me l'indiquer, s'il vous plaît ?

Mais les gros petits bonshommes se contentèrent de se regarderen ricanant.

Ils ressemblaient tellement à deux grands écoliers qu'Alice neput s'empêcher de montrer Bonnet Blanc du doigt endisant :

– Commencez, vous, le premier de la rangée !

– En aucune façon ! s'écria vivement Bonnet Blanc.

Puis il referma la bouche aussitôt avec un bruit sec.

– Au suivant ! fit Alice, passant à Blanc Bonnet, mais avecla certitude qu'il se contenterait de crier : « Tout aucontraire ! » ce qui ne manqua pas d'arriver.

– Tu t'y prends très mal ! s'écria Bonnet Blanc. Quand onfait une visite, on commence par demander : « Comment çava ? » et ensuite, on tend la main !

Là-dessus, les deux frères se serrèrent d'un seul bras l'uncontre l'autre, et tendirent leur main libre à la fillette.

Alice ne pouvait se résoudre à prendre d'abord la main de l'undes deux, de peur de froisser l'autre. Pour se tirer d'embarras, elle saisit leurs deux mains en même temps, et, un instant plustard, tous les trois étaient en train de danser en rond. Elle serappela par la suite que cela lui parut tout naturel ; elle nefut même pas surprise d'entendre de la musique : cette musiquesemblait provenir de l'arbre sous lequel ils dansaient, et elleétait produite (autant qu'elle put s'en rendre compte) par lesbranches qui se frottaient l'une contre l'autre, comme un archetfrotte les cordes d'un violon.

« Mais ce qui m'a semblé vraiment bizarre, expliqua Alice àsa sœur, lorsqu'elle lui raconta ses aventures, ç'a été de metrouver en train de chanter : « Nous n'irons plus au bois. » Jene sais pas à quel moment je me suis mise à chanter, mais j'ai eul'impression de chanter pendant très, très longtemps ! »Les deux danseurs étaient gros, et ils furent bientôtessoufflés.

– Quatre tours suffisent pour une danse, dit Bonnet Blanc, touthaletant.

Et ils s'arrêtèrent aussi brusquement qu'ils avaient commencé.La musique s'arrêta en même temps.

Alors, ils lâchèrent les mains d'Alice, et la regardèrentpendant une bonne minute. Il y eut un silence assez gêné, car ellene savait trop comment entamer la conversation avec des gens avecqui elle venait de danser. « Il n'est guère possible dedire : « Comment ça va ? » maintenant, pensa-t-elle ;il me semble que nous n'en sommes plus là ! » – J'espèreque vous n'êtes pas trop fatigués ? demanda-t-elle enfin.

– En aucune façon ; et je te remercie mille fois de nousl'avoir demandé, répondit Bonnet Blanc.

– Nous te sommes très obligés ! ajouta Blanc Bonnet.Aimes-tu la poésie ?

– Ou-oui, assez…. du moins un certain genre de poésie, dit Alicesans conviction. Voudriez-vous m'indiquer quel chemin il fautprendre pour sortir du bois ?

– Que vais-je lui réciter ? demanda Blanc Bonnet, enregardant Bonnet Blanc avec de grands yeux sérieux, sans faireattention à la question d'Alice.

– La plus longue poésie que tu connaisses : « LeMorse et le Charpentier », répondit Bonnet Blanc enserrant affectueusement son frère contre lui.

Blanc Bonnet commença sans plus attendre « Le soleilbrillait… » À ce moment, Alice se risqua à l'interrompre.

– Si cette poésie est vraiment très longue, dit-elle aussipoliment qu'elle le put, voudriez-vous m'indiquer d'abord quelchemin…

Blanc Bonnet sourit doucement et recommença :

> *Le soleil brillait sur lamer,*
> *Brillait de toute sapuissance,*
> *Pour apporter aux flotsamers*
> *Un éclat beaucoup plusintense…*
> *Le plus curieux dans toutceci*
> *C'est qu'on était en pleinminuit.*
>
> *La lune, de mauvaisehumeur,*
> *S'indignait fort contre sonfrère*
> *Qui, vraiment, devrait êtreailleurs*
> *Lorsque le jour a fui laterre…*
> *« Il est, disait-elle,grossier*
> *De venir ainsi toutgâcher. »*
>
> *Les flots étaient mouillés,mouillés,*
> *Et sèche, sèche était laplage.*
> *Nul nuage ne se voyait*
> *Car il n'y avait pas denuages.*
> *Nul oiseau ne volait enhaut*
> *Car il n'y avait pasd'oiseau.*

Or, le Morse et leCharpentier
S'en allaient tous deux côte àcôte.
Ils pleuraient à fairepitié
De voir le sable de lacôte,
En disant : « Si on l'enlevait,
Quel beau spectacle ceserait ! »

« Sept bonnes ayant septbalais
Balayant pendant uneannée
Suffiraient-elles audéblai ? »
Dit le Morse, l'âmetroublée.
Le Charpentier dit :« Certes non »,
Et poussa un soupirprofond.

« O Huîtres, venez avecnous !
Dit le Morse d'une voixclaire.
Marchons en parlant, – l'air estdoux –,
Tout le long de la grèveamère.
Nous n'en voulons que quatre,afin
De pouvoir leur donner lamain. »

La plus vieille leregarda,
Mais elle demeuramuette ;
La plus vieille de l'œilcligna
Et secoua sa lourdetête…
Comme pour dire : « Monami,
Je ne veux pas quitter monlit. »

Quatre autres Huîtres,sur-le-champ,
S'apprêtèrent pour cettefête :
Veston bien brossé, faux-colblanc,
Chaussures cirées et biennettes…
Et ceci est fortsingulier,
Car elles n'avaient pas depieds.

Quatre autres Huîtres,aussitôt,
Les suivirent, et puis quatreautres ;
Puis d'autres vinrent partroupeaux,
À la voix de ce bonapôtre…
Toutes, courant etsautillant,

Sortirent des flotsscintillants.

Donc, le Morse et leCharpentier
Marchèrent devant lecortège,
Puis s'assirent sur unrocher
Bien fait pour leur servir desiège.
Et les Huîtres, groupées enrond,
Fixèrent les deuxcompagnons.

Le Morse dit : « C'estle moment
De parler de diverseschoses ;
Du froid... du chaud... du mal auxdents...
De choux-fleurs... de rois... et deroses...
Et si les flots peuventbrûler...
Et si les porcs saventvoler... »

Les Huîtres dirent :« Attendez !
Pour parler nous sommes troplasses ;
Donnez-nous le temps desouffler,
Car nous sommes toutes trèsgrasses !
Je veux bien », dit leCharpentier.
Et Huîtres de remercier.

Le Morse dit : « Un peude pain
Nous sera, je crois,nécessaire ;
Poivre et bon vinaigre devin
Feraient, eux aussi, notreaffaire...
O Huîtres, quand vous yserez,
Nous commencerons àmanger. »

« Vous n'allez pas nousmanger, nous !
Dirent-elles,horrifiées.
Jamais nous n'aurions cru quevous
Pourriez avoir pareilleidée ! »
Le Morse dit : « Labelle nuit !
Voyez comme le soleilluit !

Merci de nous avoirsuivis,
O mes belles Huîtres sifines ! »
Le Charpentier, lui, ditceci :

« *Coupe-moi donc unetartine !*
Tu dois être sourd, par mafoi…
Je te l'ai déjà dit deuxfois ! »

Le Morse dit :« Ah ! c'est honteux
De les avoir ainsitrompées,
Et de les manger à nousdeux
Au terme de leuréquipée ! »
Le Charpentier, lui, ditceci :
« *Passe le beurre parici ! »*

Le Morse dit : « Jesuis navré ;
Croyez à mescondoléances. »
Sanglotant, il mit decôté
Les plus grosses del'assistance ;
Et devant ses yeuxruisselants
Il tenait un grand mouchoirblanc.

« *O Huîtres, dit leCharpentier,*
Le jour à l'horizons'annonce ;
Pouvons-nous vousraccompagner ? »
Mais il n'eut pas deréponse…
Bien sot qui s'enétonnerait,
Car plus une Huître nerestait.

– J'aime mieux le Morse, dit Alice, parce que, voyez-vous, lui,au moins, a eu pitié des pauvres huîtres.

– Ça ne l'a pas empêché d'en manger davantage que leCharpentier, fit remarquer Blanc Bonnet. Vois-tu, il tenait sonmouchoir devant lui pour que le Charpentier ne puisse pas comptercombien il en prenait : tout au contraire.

– Comme c'est vilain ! s'exclama Alice, indignée. En cecas, j'aime mieux le Charpentier… puisqu'il en a mangé moins que leMorse.

– Mais il a mangé toutes celles qu'il a pu attraper, fitremarquer Bonnet Blanc.

Ceci était fort embarrassant. Après un moment de silence, Alicecommença :

– Ma foi ! L'un et l'autre étaient des personnages bien peusympathiques…

Ici, elle s'arrêta brusquement, pleine d'alarme, en entendant unbruit qui ressemblait au halètement d'une grosse locomotive dans lebois, tout près d'eux, et qui, elle le craignit, devait êtreproduit par une bête sauvage.

– Y a-t-il des lions ou des tigres dans les environs ?demanda-t-elle timidement.

– C'est tout simplement le Roi Rouge qui ronfle, répondit BlancBonnet.

– Viens le voir ! crièrent les deux frères.

Et, prenant Alice chacun par une main, ils la menèrent àl'endroit où le Roi dormait.

– N'est-il pas adorable ? demanda Bonnet Blanc.

Alice ne pouvait vraiment pas dire qu'elle le trouvait adorable.Il avait un grand bonnet de nuit rouge orné d'un gland, et il étaittout affalé en une espèce de tas malpropre ronflant tant qu'ilpouvait… « si fort qu'on aurait pu croire que sa tête allaitéclater ! » comme le déclara Bonnet Blanc.

– J'ai peur qu'il n'attrape froid à rester couché sur l'herbehumide, dit Alice qui était une petite fille très prévenante.

– Il est en train de rêver, déclara Blanc Bonnet et de quoicrois-tu qu'il rêve ?

– Personne ne peut deviner cela, répondit Alice.

– Mais, voyons, il rêve de toi ! s'exclama Blanc Bonnet, enbattant des mains d'un air de triomphe. Et s'il cessait de rêver detoi, où crois-tu que tu serais ?

– Où je suis à présent, bien sûr, dit Alice.

– Pas du tout ! répliqua Blanc Bonnet d'un ton méprisant.Tu n'es qu'un des éléments de son rêve !

– Si ce Roi qu'est là venait à se réveiller, ajouta BonnetBlanc, tu disparaîtrais – pfutt ! – comme une bougie quis'éteint !

– C'est faux ! protesta Alice d'un ton indigné. D'ailleurs,si, moi, je suis un des éléments de son rêve, je voudrais biensavoir ce que vous êtes, vous ?

– Idem, répondit Bonnet Blanc.

– Idem, idem ! cria Blanc Bonnet.

Il cria si fort qu'Alice ne put s'empêcher de dire :

– Chut ! Vous allez le réveiller si vous faites tant debruit.

– Voyons, pourquoi parles-tu de le réveiller, demanda BlancBonnet, puisque tu n'es qu'un des éléments de son rêve ? Tusais très bien que tu n'es pas réelle.

– Mais si, je suis réelle ! affirma Alice, en se mettant àpleurer.

– Tu ne te rendras pas plus réelle en pleurant, fit observerBlanc Bonnet. D'ailleurs, il n'y a pas de quoi pleurer.

– Si je n'étais pas réelle, dit Alice (en riant à travers seslarmes, tellement tout cela lui semblait ridicule), je seraisincapable de pleurer.

– J'espère que tu ne crois pas que ce sont de vraieslarmes ? demanda Blanc Bonnet avec le plus grand mépris.

« Je sais qu'ils disent des bêtises, pensa Alice, et jesuis stupide de pleurer.

» Là-dessus, elle essuya ses larmes, et continua aussigaiement que possible:

– En tout cas, je ferais mieux de sortir du bois, car, vraiment,il commence à faire très sombre. Croyez-vous qu'il vapleuvoir ?

Bonnet Blanc prit un grand parapluie qu'il ouvrit au-dessus delui et de son frère, puis il leva les yeux.

– Non, je ne crois pas, dit-il ; du moins… pas là-dessous.En aucune façon.

– Mais il pourrait pleuvoir à l'extérieur ?

– Il peut bien pleuvoir, … si ça veut pleuvoir, déclara BlancBonnet ; nous n'y voyons aucun inconvénient. Tout aucontraire.

« Sales égoïstes ! » pensa Alice ; et elles'apprêtait à leur dire : « Bonsoir » et à leslaisser là, lorsque Bonnet Blanc bondit de sous le parapluie et lasaisit au poignet.

– As-tu vu ça ? demanda-t-il d'une voix que la colèreétouffait.

Et ses yeux jaunes se dilatèrent brusquement, tandis qu'ilmontrait d'un doigt tremblant une petite chose blanche sur l'herbeau pied de l'arbre.

– Ce n'est qu'une crécelle, répondit Alice, après avoir examinésoigneusement la petite chose blanche. Une vieille crécelle, toutevieille et toute brisée.

– J'en étais sûr ! cria Bonnet Blanc, en se mettant àtrépigner comme un fou et à s'arracher les cheveux. Elle estbrisée, naturellement !

Sur quoi, il regarda Blanc Bonnet qui, immédiatement, s'assitsur le sol, en essayant de se cacher derrière le parapluie.

Alice le prit par le bras et lui dit d'une voixapaisante :

– Vous n'avez pas besoin de vous mettre dans un état pareil pourune vieille crécelle.

– Mais elle n'est pas vieille ! cria Bonnet Blanc, plusfurieux que jamais. Je te dis qu'elle est neuve… Je l'ai achetéehier… ma belle crécelle NEUVE !

(Et sa voix monta jusqu'à devenir un cri perçant). Pendant cetemps-là, Blanc Bonnet faisait tous ses efforts pour refermer leparapluie en se mettant dedans : ce qui sembla siextraordinaire à Alice qu'elle ne fit plus du tout attention àBonnet Blanc. Mais Blanc Bonnet ne put réussir complètement dansson entreprise, et il finit par rouler sur le sol, tout empaquetédans le parapluie d'où, seule, sa tête émergeait ; après quoiil resta là, ouvrant et refermant sa bouche et ses grands yeux,« ressemblant plutôt à un poisson qu'à autre chose »,pensa Alice.

– Naturellement, nous allons vider cette querelle ? déclaraBonnet Blanc d'un ton plus calme.

– Je suppose que oui, répondit l'autre d'une voix maussade, ensortant du parapluie à quatre pattes. Seulement, il faut qu'ellenous aide à nous habiller.

Là-dessus, les deux frères entrèrent dans le bois, la main dansla main, et revinrent une minute après, les bras chargés de toutessortes d'objets, tels que : traversins, couvertures,carpettes, nappes, couvercles de plats et seaux à charbon.

– J'espère que tu sais comment t'y prendre pour poser desépingles et nouer des ficelles ? dit Bonnet Blanc. Tout ce quiest là, il faut que tu le mettes sur nous, d'une façon ou d'uneautre.

Alice raconta par la suite qu'elle n'avait jamais vu personnefaire tant d'embarras que les deux frères. Il est impossibled'imaginer à quel point ils s'agitèrent, et la quantité de chosesqu'ils se mirent sur le dos, et le mal qu'ils lui donnèrent en luifaisant nouer des ficelles et boutonner des boutons…« Vraiment, lorsqu'ils seront prêts, ils ressembleront tout àfait à deux ballots de vieux habits ! pensa-t-elle, enarrangeant un traversin autour du cou de Blanc Bonnet, pour luiéviter d'avoir la tête coupée », prétendait-il.

– Vois-tu, ajouta-t-il très sérieusement, c'est une des chosesles plus graves qui puissent arriver au cours d'une bataille :avoir la tête coupée.

Alice se mit à rire tout haut, mais elle réussit à transformerson rire en toux, de peur de froisser Blanc Bonnet.

– Est-ce que je suis très pâle ? demanda Bonnet Blanc, ens'approchant d'elle pour qu'elle lui mît son casque. (Il appelaitcela un casque, mais cela ressemblait beaucoup plus à unecasserole.)

– Ma foi… oui, un tout petit peu, répondit Alice doucement.

– En général je suis très courageux, continua-t-il à voixbasse ; mais, aujourd'hui, il se trouve que j'ai mal à latête.

– Et moi, j'ai mal aux dents ! s'exclama Blanc Bonnet, quiavait entendu cette réflexion. Je suis en bien plus mauvais étatque toi !

– En ce cas, vous feriez mieux de ne pas vous battreaujourd'hui, fit observer Alice, qui pensait que c'était une bonneoccasion de faire la paix.

– Il faut absolument que nous nous battions un peu, mais je netiens pas à ce que ça dure longtemps, déclara Bonnet Blanc. Quelleheure est-il ?

– Quatre heures et demie.

– Battons-nous jusqu'à six heures ; ensuite nous ironsdîner, proposa Bonnet Blanc.

– Parfait, dit l'autre assez tristement. Et elle pourra nousregarder faire…

Mais il vaudra mieux ne pas trop t'approcher, ajouta-t-il. Engénéral je frappe sur tout ce que je vois… lorsque je suis trèséchauffé !

– Et moi, je frappe sur tout ce qui est à ma portée, s'écriaBonnet Blanc, même sur ce que je ne vois pas.

Alice se mit à rire.

– Je suppose que vous devez frapper sur les arbres assezsouvent, dit-elle.

Bonnet Blanc regarda tout autour de lui en souriant desatisfaction.

– Je crois bien, déclara-t-il, que pas un seul arbre ne resteradebout lorsque nous aurons fini.

– Et tout ça pour une crécelle ! s'exclama Alice, quiespérait encore leur faire un peu honte de se battre pour unepareille bagatelle.

– Ça m'aurait été égal, dit Bonnet Blanc, si elle n'avait paseté neuve.

« Je voudrais bien que l'énorme corbeauarrive ! » pensa Alice.

– Il n'y a qu'une épée, dit Bonnet Blanc à son frère ; maistu peux prendre le parapluie… il est aussi pointu. Dépêchons-nousde commencer. Il fait de plus en plus sombre.

– Et encore plus sombre que ça, ajouta Blanc Bonnet.

L'obscurité tombait si rapidement qu'Alice crut qu'un orage sepréparait.

– Quel gros nuage noir ! s'exclama-t-elle. Et comme il vavite ! Ma parole, je crois vraiment qu'il a desailes !

– C'est le corbeau ! cria Bonnet Blanc d'une voix aiguë etterrifiée.

Là-dessus, les deux frères prirent leurs jambes à leur cou etdisparurent en un moment.

Alice s'enfonça un peu dans le bois, puis elle s'arrêta sous ungrand arbre. « Jamais il ne pourra m'atteindre ici,pensa-t-elle ; il est beaucoup trop gros pour se glisser entreles arbres. Mais je voudrais bien qu'il ne batte pas des ailes siviolemment… ça fait comme un véritable ouragan dans le bois…Tiens ! voici le châle de quelqu'un qui a été emporté par levent ! »

CHAPITRE V

Laine et Eau

Alice attrapa le châle et chercha du regard sa propriétaire. Un instant plus tard, la Reine Blanche arrivait dans le bois, courant comme une folle, les deux bras étendus comme si elle volait. Alice, très poliment, alla à sa rencontre pour lui rendre son bien.

– Je suis très heureuse de m'être trouvée là au bon moment, dit la fillette en l'aidant à remettre son châle.

La Reine Blanche se contenta de la regarder d'un air effrayé et désemparé, tout en se répétant à voix basse quelque chose qui ressemblait à : « Tartine de beurre, tartine de beurre ». Alice comprit alors qu'elle devait se charger d'entamer la conversation ; mais elle ne savait pas comment il fallait s'adresser à une Reine. Elle finit par dire, assez timidement :

– C'est bien à la Reine Blanche que j'ai l'honneur de parler ? Votre Majesté voudra-t-elle supporter mon habillage ?

– Mais je n'ai pas besoin de ton habillage ! répondit la Reine. Je ne vois pas pourquoi je le supporterais.

Jugeant qu'il serait maladroit de commencer l'entretien par une discussion, Alice se contenta de sourire, et poursuivit :

– Si Votre Majesté veut bien m'indiquer comment je dois m'y prendre, je le ferai de mon mieux.

– Mais, je ne veux pas du tout qu'on le fasse ! gémit la pauvre Reine. J'ai déjà consacré deux heures entières à mon habillage !

Alice pensa que la Reine aurait beaucoup gagné à se faire habiller par quelqu'un d'autre, tellement elle était mal fagotée. « Tout est complètement de travers, se dit-elle, et elle est bardée d'épingles ! » – Puis-je vous remettre votre châle d'aplomb ? ajouta-t-elle à voix haute.

– Je me demande ce qu'il peut bien avoir ! s'exclama la Reine d'une voix mélancolique. Je crois qu'il est de mauvaise humeur. Je l'ai épinglé ici, et je l'ai épinglé là ; mais il n'y a pas moyen de le satisfaire !

– Il est impossible qu'il soit d'aplomb, si vous l'épinglez d'un seul côté, fit observer Alice, en lui arrangeant doucement sonchâle. Et, Seigneur ! dans quel état sont voscheveux !

– La brosse à cheveux s'est emmêlée dedans ! dit la Reineen poussant un profond soupir. Et j'ai perdu mon peigne hier.

Alice dégagea la brosse avec précaution, puis fit de son mieuxPour arranger les cheveux.

– Allons ! vous avez meilleure allure à présent !dit-elle, après avoir changé de place presque toutes les épingles.Mais, vraiment, vous devriez prendre une femme dechambre !

– Je te prendrais certainement avec le plus grand plaisir !déclara la Reine. Cinq sous par semaine, et de la confiture tous les deuxjours.

Alice ne put s'empêcher de rire et répondit :

– Je ne veux pas entrer à votre service… et je n'aime pasbeaucoup la confiture.

– C'est de la très bonne confiture, insista la Reine.

– En tout cas, je n'en veux pas aujourd'hui.

– Tu n'en aurais pas, même si tu en voulais. La règle est lasuivante : confiture demain et confiture hier… mais jamais deconfiture aujourd'hui.

– Ça doit bien finir par arriver à : confitureaujourd'hui.

– Non, jamais. C'est : confiture tous les deux jours ;or aujourd'hui, c'est un jour, ça n'est pas deux jours.

– Je ne vous comprends pas. Tout cela m'embrouille lesidées !

– C'est toujours ainsi lorsqu'on vit à reculons, fit observer laReine d'un ton bienveillant. Au début cela vous fait tourner latête…

– Lorsqu'on vit à reculons ! répéta Alice, stupéfaite. Jen'ai jamais entendu parler d'une chose pareille !

– … mais cela présente un grand avantage : la mémoire opèredans les deux sens.

– Je suis certaine que ma mémoire à moi n'opère que dans un seulsens, affirma Alice. Je suis incapable de me rappeler les chosesavant qu'elles n'arrivent.

– Une mémoire qui n'opère que dans le passé n'a rien de bienfameux, déclara la Reine.

– Et vous, quelles choses vous rappelez-vous le mieux ? osademander Alice.

– Oh, des choses qui se sont passées dans quinze jours, réponditla Reine d'un ton négligent. Par exemple, en ce moment-ci,continua-t-elle, en collant un grand morceau de taffetas anglaissur son doigt tout en parlant, il y a l'affaire du Messager du Roi.Il se trouve actuellement en prison, parce qu'il est puni ; orle procès ne commencera pas avant mercredi prochain ; et,naturellement, il commettra son crime après tout le reste.

– Et s'il ne commettait jamais son crime ? demanda Alice.

– Alors tout serait pour le mieux, n'est-ce pas ? répondit la Reine, en fixant le taffetas anglais autour de son doigt avec un bout de ruban.

Alice sentit qu'il était impossible de nier cela.

– Bien sûr, ça n'en irait que mieux, dit-elle. Mais ce qui n'irait pas mieux, c'est qu'il soit puni.

– Là, tu te trompes complètement. As-tu jamais été punie ?

– Oui, mais uniquement pour des fautes que j'avais commises.

– Et je sais que tu ne t'en trouvais que mieux affirma la Reine d'un ton de triomphe.

– Oui, mais j'avais vraiment fait les choses pour lesquelles j'étais punie. C'est complètement différent.

– Mais si tu ne les avais pas eu faites, ç'aurait été encore bien mieux ; bien mieux, bien mieux, bien mieux ! (Sa voix monta à chaque « bien mieux », jusqu'à ne plus être qu'un cri perçant). Alice venait de commencer à dire : « Il y a une erreur quelque part… » lorsque la Reine se mit à hurler si fort qu'elle ne put achever sa phrase.

– Oh, oh, oh ! cria-t-elle en secouant la main comme si elle avait voulu la détacher de son bras. Mon doigt saigne ! oh, oh, oh, oh !

Ses cris ressemblaient si exactement au sifflet d'une locomotive qu'Alice dut se boucher les deux oreilles.

– Mais qu'avez-vous donc ? demanda-t-elle, dès qu'elle put trouver l'occasion de se faire entendre. Vous êtes-vous piqué le doigt ?

– Je ne me le suis pas encore piqué, répondit la Reine, mais je vais me le piquer bientôt… oh, oh, oh !

– Quand cela va-t-il vous arriver ? demanda Alice, qui avait grande envie de rire.

– Quand je fixerai de nouveau mon châle avec ma broche, gémit la pauvre Reine, la broche s'ouvrira immédiatement. Oh, oh ! Comme elle disait ces mots, la broche s'ouvrit brusquement, et la Reine la saisit d'un geste frénétique pour essayer de la refermer.

– Faites attention ! cria Alice. Vous la tenez tout de travers !

Elle saisit la broche à son tour ; mais il était trop tard : l'épingle avait glissé, et la Reine s'était piqué le doigt.

– Vois-tu, cela explique pourquoi je saignais tout à l'heure, dit-elle à Alice en souriant. Maintenant tu comprendras comment les choses se passent ici.

– Mais pourquoi ne criez-vous pas ? demanda Alice, tout en s'apprêtant à se boucher les oreilles de ses mains une deuxième fois.

– Voyons, j'ai déjà poussé tous les cris que j'avais à pousser, répondit la

Reine. À quoi cela servirait-il de toutrecommencer ?

À présent, il faisait jour de nouveau.

– Je suppose que le corbeau a dû s'envoler, dit Alice. Je suissi contente qu'il soit parti. Quand il est arrivé, j'ai cru quec'était la nuit qui tombait.

– Comme je voudrais pouvoir être contente ! s'exclama laReine. Seulement, voilà, je ne peux pas me rappeler la règle qu'ilfaut appliquer. Tu dois être très heureuse de vivre dans ce bois etd'être contente chaque fois que ça te plaît !

– Malheureusement je me sens si seule ici ! déclara Aliced'un ton mélancolique. (Et, à l'idée de sa solitude, deux grosseslarmes roulèrent sur ses joues).

– Oh, je t'en supplie, arrête ! s'écria la pauvre Reine ense tordant les mains de désespoir. Pense que tu es une grandefille. Pense au chemin que tu as parcouru aujourd'hui. Pense àl'heure qu'il est. Pense à n'importe quoi, mais ne pleurepas !

En entendant cela, Alice ne put s'empêcher de rire à travers seslarmes.

– Êtes-vous capable de vous empêcher de pleurer en pensant àcertaines choses ? demanda-t-elle.

– Mais, bien sûr, c'est ainsi qu'il faut s'y prendre, réponditla Reine d'un ton péremptoire. Vois-tu, personne ne peut faire deuxchoses à la fois. D'abord, pensons à ton âge… quel âgeas-tu ?

– J'ai sept ans. En vrai, j'ai sept ans et demi.

– Inutile de dire : « en vrai ». Je te crois. Etmaintenant voici ce que tu dois croire, toi : j'ai exactementcent un ans, cinq mois, et un jour.

– Je ne peux pas croire cela ! s'exclama Alice.

–Vraiment ? dit la Reine d'un ton de pitié. Essaie denouveau : respire profondément et ferme les yeux.

Alice se mit à rire.

– Inutile d'essayer, répondit-elle : on ne peut pas croiredes choses impossibles.

– Je suppose que tu manques d'entraînement. Quand j'avais tonâge, je m'exerçais à cela une demi-heure par jour. Il m'est arrivéquelquefois de croire jusqu'à six choses impossibles avant le petitdéjeuner. Voilà mon châle qui s'en va de nouveau !

La broche s'étant défaite pendant que la Reine parlait, un coupde vent soudain avait emporté son châle de l'autre côté d'un petitruisseau. Elle étendit de nouveau les bras, et, cette fois, elleréussit à l'attraper toute seule.

– Je l'ai ! s'écria-t-elle d'un ton triomphant. Maintenant,je vais l'épingler moi-même, tu vas voir !

– En ce cas, je suppose que votre doigt va mieux ? ditAlice très poliment, en traversant le petit ruisseau pour larejoindre.

– Oh ! beaucoup mieux, ma belle ! cria la Reine dontla voix se fit de plus en plus aiguë à mesure qu'ellecontinuait :

– Beaucoup mieux, ma belle ! ma bê-êlle bê-ê-ê-lle !bê-ê-êh !

Le dernier mot fut un long bêlement qui ressemblait tellement àcelui d'un mouton qu'Alice sursauta.

Elle regarda la Reine qui lui sembla s'être brusquementenveloppée de laine.

Alice se frotta les yeux, puis regarda de nouveau, sans arriverà comprendre le moins du monde ce qui s'était passé. Était-elledans une boutique ? Et était-ce vraiment… était-ce vraimentune Brebis qui se trouvait assise derrière le comptoir ? Elleeut beau se frotter les yeux, elle ne put rien voir d'autre :elle était bel et bien dans une petite boutique sombre, les coudessur le comptoir, et, en face d'elle, il y avait bel et bien unevieille Brebis, en train de tricoter, assise dans un fauteuil, quis'interrompait de temps à autre pour regarder Alice derrière unepaire de grosses lunettes.

– Que désires-tu acheter ? demanda enfin la Brebis, enlevant les yeux de sur son tricot.

– Je ne suis pas tout à fait décidée, répondit Alice trèsdoucement. J'aimerais bien, si je le pouvais, regarder d'abord toutautour de moi.

– Tu peux regarder devant toi, et à ta droite et à ta gauche, situ veux ; mais tu ne peux pas regarder tout autour de toi… àmoins que tu n'aies des yeux derrière la tête.

Or, il se trouvait qu'Alice n'avait pas d'yeux derrière la tête.Aussi se contenta-t-elle de faire demi-tour et d'examiner lesrayons à mesure qu'elle en approchait.

La boutique semblait pleine de toutes sortes de chosescurieuses…, mais ce qu'il y avait de plus bizarre, c'est que chaquefois qu'elle regardait fixement un rayon pour bien voir ce qui setrouvait dessus, ce même rayon était complètement vide, alors quetous les autres étaient pleins à craquer.

« Les choses courent vraiment bien vite ici ! dit-elleenfin d'un ton plaintif, après avoir passé plus d'une minute àpoursuivre en vain un gros objet brillant qui ressemblait tantôt àune poupée, tantôt à une boîte à ouvrage, et qui se trouvaittoujours sur le rayon juste au-dessus de celui qu'elle était entrain de regarder. Et celle-ci est la plus exaspérante de toutes…Mais voici ce que je vais faire…. ajouta-t-elle, tandis qu'une idéelui venait brusquement à l'esprit, … je vais la suivre jusqu'audernier rayon. Je suppose qu'elle sera très embarrassée pour passerà travers le plafond ! » Ce projet échoua, luiaussi : la « chose » traversa le plafond le plusaisément du monde, comme si elle avait une grande habitude de cetexercice.

– Es-tu une enfant ou un toton ? demanda la Brebis enprenant une autre paire d'aiguilles. Tu vas finir par me donner levertige si tu continues à tourner ainsi.

(Elle travaillait à présent avec quatorze paires d'aiguilles àla fois, et Alice ne put s'empêcher de la regarder d'un airstupéfait). « Comment diable peut-elle tricoter avec tantd'aiguilles ? pensa la fillette tout intriguée. Plus elle va,plus elle ressemble à un porc-épic ! »

– Sais-tu ramer ? demanda la Brebis, en lui tendant unepaire d'aiguilles.

– Oui, un peu… mais pas sur le sol… et pas avec des aiguilles…,commença Alice.

Mais voilà que, brusquement, les aiguilles se transformèrent enrames dans ses mains, et elle s'aperçut que la Brebis et elle setrouvaient dans une petite barque en train de glisser entre deuxrives ; de sorte que tout ce qu'elle put faire, ce fut deramer de son mieux.

– Plume ! cria la Brebis, en prenant une autre paired'aiguilles.

Cette exclamation ne semblant pas appeler une réponse, Alicegarda le silence et continua à souquer ferme. Elle avaitl'impression qu'il y avait quelque chose de très bizarre dansl'eau, car, de temps à autre, les rames s'y coinçaient solidement,et c'est tout juste si elle pouvait parvenir à les dégager.

– Plume ! Plume ! cria de nouveau la Brebis, enprenant d'autres aiguilles. Tu ne vas pas tarder à attraper uncrabe.

« Un amour de petit crabe ! pensa Alice. Commej'aimerais ça ! » – Ne m'as-tu pas entendu dire :« Plume » ? cria la Brebis d'une voix furieuse, enprenant tout un paquet d'aiguilles.

– Si fait, répliqua Alice ; vous l'avez dit très souvent…et très fort. S'il vous plaît, où donc sont les crabes ?

– Dans l'eau, naturellement ! répondit la Brebis ens'enfonçant quelques aiguilles dans les cheveux, car elle avait lesmains trop pleines. Plume, encore une fois !

– Mais pourquoi dites-vous : « Plume » sisouvent ? demanda Alice, un peu contrariée. Je ne suis pas unoiseau !

– Si fait, rétorqua la Brebis ; tu es une petite oie.

Cela ne manqua pas de blesser Alice, et, pendant une ou deuxminutes, la conversation s'arrêta, tandis que la barque continuaità glisser doucement, parfois au milieu d'herbes aquatiques (etalors les rames se coinçaient dans l'eau plus que jamais), parfoisencore sous des arbres, mais toujours entre deux hautes rivessourcilleuses qui se dressaient au-dessus des passagères.

– Oh, je vous en prie ! Il y a des joncs fleuris s'écriaAlice dans un brusque transport de joie. C'est bien vrai… ils sontabsolument magnifiques !

– Inutile de me dire : « je vous en prie », àmoi, à propos de ces joncs, dit la Brebis, sans lever les yeux desur son tricot. Ce n'est pas moi qui les ai mis là, et ce n'est pasmoi qui vais les enlever.

– Non, bien sûr, mais je voulais dire… Je vous en prie, est-cequ'on peut attendre un moment pour que j'en cueillequelques-uns ? Est-ce que ça vous serait égal d'arrêter labarque pendant une minute ?

– Comment veux-tu que je l'arrête, moi ? Tu n'as qu'àcesser de ramer, elle s'arrêtera toute seule.

Alice laissa la barque dériver au fil de l'eau jusqu'à cequ'elle vînt glisser tout doucement au milieu des joncs qui sebalançaient au souffle de la brise.

Alors, les petites manches furent soigneusement roulées etremontées, les petits bras plongèrent dans l'eau jusqu'aux coudespour saisir les joncs aussi bas que possible avant d'en briser latige… et, pendant un bon moment, Alice oublia complètement laBrebis et son tricot, tandis qu'elle se penchait par-dessus le bordde la barque, le bout de ses cheveux emmêlés trempant dans l'eau,les yeux brillants de convoitise, et qu'elle cueillait à poignéesles adorables joncs fleuris.

« J'espère simplement que la barque ne va paschavirer ! se dit-elle. Oh ! celui-là ! comme il estbeau ! Malheureusement je n'ai pas pu l'attraper. » Etc'était une chose vraiment contrariante (« on croirait quec'est fait exprès », pensa-t-elle) de voir que, si ellearrivait à cueillir des quantités de joncs magnifiques, il y enavait toujours un, plus beau que tous les autres, qu'elle nepouvait atteindre.

« Les plus jolis sont toujours trop loin demoi ! » finit-elle par dire avec un soupir de regret, envoyant que les joncs s'entêtaient à pousser si loin. Puis, lesjoues toutes rouges, les cheveux et les mains dégouttants d'eau,elle se rassit à sa place et se mit à arranger les trésors qu'ellevenait de trouver.

Les joncs avaient commencé à se faner, à perdre leur parfum etleur beauté, au moment même où elle les avait cueillis : maiselle ne s'en soucia pas le moins du monde. Voyez-vous, même desvrais joncs ne durent que très peu de temps, et ceux-ci, étant desjoncs de rêve, se fanaient aussi vite que la neige fond au soleil,entassés aux pieds d'Alice : mais c'est tout juste si elles'en aperçut, car elle avait à réfléchir à beaucoup d'autres chosesfort curieuses.

La barque n'était pas allée très loin lorsque la pale d'une desrames se coinça dans l'eau et refusa d'en sortir (c'est ainsiqu'Alice expliqua l'incident par la suite). Puis la poignée de larame la frappa sous le menton et, malgré une série de petits crisque la pauvre enfant se mit à pousser, elle fut balayée de sur sonsiège et tomba de tout son long sur le tas de joncs.

Elle ne se fit pas le moindre mal, et se releva presqu'aussitôt.Pendant tout ce temps-là, la Brebis avait continué à tricoter,exactement comme si rien ne s'était passé.

– Tu avais attrapé un bien joli crabe tout à l'heure !dit-elle, tandis qu'Alice se rasseyait à sa place, fort soulagée dese trouver encore dans la barque.

– Vraiment ? je ne l'ai pas vu, répondit la fillette enregardant prudemment l'eau sombre de la rivière. Je regrette qu'ilsoit parti… J'aimerais tellement rapporter un petit crabe à lamaison !

Mais la Brebis se contenta de rire avec mépris, tout encontinuant de tricoter.

– Y a-t-il beaucoup de crabes par ici ? demanda Alice.

– Il y a des crabes et toutes sortes de choses, répondit laBrebis. Tu n'as que l'embarras du choix, mais il faudrait tedécider. Voyons, que veux-tu acheter ?

– Acheter ! répéta Alice, d'un ton à la fois surpris eteffrayé, car les rames, la barque, et la rivière, avaient disparuen un instant, et elle se trouvait de nouveau dans la petiteboutique sombre.

– S'il vous plaît, je voudrais bien acheter un œuf reprit-elletimidement.

Combien les vendez-vous ?

– Dix sous pièce, et quatre sous les deux, répondit laBrebis.

– En ce cas, deux œufs coûtent moins cher qu'un seul ?demanda Alice d'un ton étonné, en prenant son porte-monnaie.

– Oui, mais si tu en achètes deux, tu es obligée de les mangertous les deux, répondit la Brebis.

– Alors, je n'en prendrai qu'un, s'il vous plaît, dit Alice enposant l'argent sur le comptoir. Après tout, peut-être qu'ils nesont pas tous très frais.

La Brebis ramassa l'argent et le rangea dans une boîte ;puis, elle déclara :

– Je ne mets jamais les choses dans les mains des gens… ça neserait pas à faire… Il faut que tu prennes l'œuf toi-même.

Sur ces mots, elle alla au fond de la boutique, et mit l'œuftout droit sur l'un des rayons.

« Je me demande pourquoi ça ne serait pas à faire », pensa Alice, en se frayant un chemin à tâtons parmi les tables et les chaises, car le fond de la boutique était très sombre. « À mesure que j'avance vers l'œuf, on dirait qu'il s'éloigne. Voyons, est-ce bien une chaise ? Mais, ma parole, elle a des branches ! Comme c'est bizarre de trouver des arbres ici ! Et il y a bel et bien un petit ruisseau ! Vraiment, c'est la boutique la plus extraordinaire que j'aie jamais vue de ma vie ! » Elle continua d'avancer, de plus en plus surprise à chaque pas car tous les objets devenaient des arbres lorsqu'elle arrivait à leur hauteur, et elle était sûre que l'œuf allait en faire autant.

CHAPITRE VI

LE GROS COCO

Mais l'œuf se contenta de grossir et de prendre de plus en plus figure humaine.

Lorsque Alice fut arrivée à quelques mètres de lui, elle vitqu'il avait des yeux, un nez, et une bouche ; et, lorsqu'ellefut tout près de lui, elle comprit que c'était LE GROS COCO enpersonne. « Il est impossible que ce soit quelqu'und'autre ! pensa-t-elle. J'en suis aussi sûre que si son nométait écrit sur son visage ! » On aurait pu facilementl'écrire cent fois sur cette énorme figure. Le Gros Coco étaitassis, les jambes croisées, à la turque, sur le faîte d'un mur trèshaut (si étroit qu'Alice se demanda comment il pouvait garder sonéquilibre). Comme il avait les yeux obstinément fixés dans ladirection opposée et comme il ne faisait pas la moindre attention àla fillette, elle pensa qu'il devait être empaillé.

– Comme il ressemble exactement à un œuf ! dit-elle à hautevoix, tout en tendant les mains pour l'attraper, car elles'attendait à le voir tomber d'un moment à l'autre.

– C'est vraiment contrariant, déclara le Gros Coco après un longsilence, toujours sans regarder Alice, d'être traité d'œuf…,extrêmement contrariant !

– J'ai dit que vous ressembliez à un œuf, monsieur, expliquaAlice très gentiment. Et il y a des œufs qui sont fort jolis,ajouta-t-elle, dans l'espoir de transformer sa remarque en uneespèce de compliment.

– Il y a des gens, poursuivit le Gros Coco, en continuant à nepas la regarder, qui n'ont pas plus de bon sens qu'unnourrisson !

Alice ne sut que répondre. Elle trouvait que ceci ne ressemblaitpas du tout à une conversation, étant donné qu'il ne lui disaitjamais rien directement (en fait sa dernière remarque s'adressaitde toute évidence à un arbre). Elle resta donc sans bouger et serécita à voix basse les vers suivants :

Le Gros Coco était assis dessusun mur ;
Le Gros Coco tomba de haut sur lesol dur ;

Tous les chevaux du Roi, tous lessoldats du Roi,
N'ont pu relever le Gros Coco etle remettre droit.

– Le dernier vers est trop long par rapport aux autres,ajouta-t-elle presque à haute voix, en oubliant que le Gros Cocoallait l'entendre.

– Ne reste pas là à jacasser toute seule, dit le Gros Coco en laregardant pour la première fois, mais apprends-moi ton nom et ceque tu viens faire ici.

– Mon nom est Alice, mais…

– En voilà un nom stupide déclara le Gros Coco d'un tonimpatienté. Que veut-il dire ?

– Est-ce qu'il faut vraiment qu'un nom veuille dire quelquechose ? demanda Alice d'un ton de doute.

– Naturellement, répondit le Gros Coco avec un rire bref. Monnom, à moi, veut dire quelque chose ; il indique la forme quej'ai, et c'est une très belle forme, d'ailleurs. Mais toi, avec unnom comme le tien, tu pourrais avoir presque n'importe quelleforme.

– Pourquoi restez-vous assis tout seul sur ce mur ? demandaAlice qui ne voulait pas entamer une discussion.

– Mais, voyons, parce qu'il n'y a personne avec moi !s'écria le Gros Coco.

Croyais-tu que j'ignorais la réponse à cette question ?Demande-moi autre chose !

– Ne croyez-vous pas que vous seriez plus en sécurité sur lesol ? continua Alice, non pas dans l'intention de poser unedevinette, mais simplement parce qu'elle avait bon cœur et qu'elles'inquiétait au sujet de la bizarre créature. Ce mur estétroit !

– Tu poses des devinettes d'une facilité extraordinaire !grogna le Gros Coco.

Bien sûr que je ne le crois pas ! Voyons, si jamais jevenais à tomber du haut de ce mur… ce qui est tout à faitimprobable… mais, enfin, en admettant que j'en tombe… (À ce moment,il se pinça les lèvres, et prit un air si grave et si majestueuxqu'Alice eut beaucoup de mal à s'empêcher de rire). En admettantque j'en tombe, continua-t-il, le Roi m'a promis… Ah ! tu peuxpâlir, si tu veux. Tu ne te doutais pas que j'allais dire cela,n'est-ce pas ? Le Roi m'a promis… de sa propre bouche… de…de…

– D'envoyer tous ses chevaux et tous ses soldats, interrompitAlice assez imprudemment.

– Ah, par exemple ! c'est trop fort ! s'écria le GrosCoco en se mettant brusquement en colère. Tu as dû écouter auxportes… et derrière les arbres… et par les cheminées… sans quoi tun'aurais pas pu savoir ça !

– Je vous jure que non ! dit Alice d'une voix douce. Jel'ai lu dans un livre.

– Ah, bon ! En effet, on peut écrire des choses de ce genredans un livre, admit le Gros Coco d'un ton plus calme. C'est cequ'on appelle une Histoire de l'Angleterre. Regarde-moi bien,petite ! Je suis celui à qui un Roi a parlé, moi ;peut-être ne verras-tu jamais quelqu'un comme moi ; et pourbien te montrer que je ne suis pas fier, je te permets de me serrerla main !

Là-dessus, il sourit presque d'une oreille à l'autre (en sepenchant telle-ment en avant qu'il s'en fallait de rien qu'il netombât de sur le mur), et tendit la main à Alice. Elle la prit,tout en le regardant d'un air anxieux. « S'il souriait un toutpetit peu plus, les coins de sa bouche se rencontreraientpar-derrière, pensa-t-elle ; et, en ce cas, je me demande cequi arriverait à sa tête ! Je crois bien qu'elletomberait ! » – Oui, tous ses chevaux et tous sessoldats, continua le Gros Coco. Sûr et certain qu'ils merelèveraient en un moment ! Mais cette conversation va un peutrop vite ; revenons à notre avant-dernière remarque.

– Je crains de ne pas m'en souvenir très bien, dit Alicepoliment.

– En ce cas, nous pouvons recommencer, et c'est à mon tour dechoisir un sujet… (« Il parle toujours comme s'il s'agissaitd'un jeu ! » pensa Alice). Voici une question à laquelletu dois répondre : Quel âge as-tu dit que tu avais ?

Alice calcula pendant un instant, et répondit :

– Sept ans et six mois.

– C'est faux ! s'exclama le Gros Coco d'un ton triomphant.Tu ne m'as ja-mais dit un mot au sujet de ton âge.

– Je croyais que vous vouliez dire : « Quel âgeas-tu ? » – Si j'avais voulu le dire, je l'auraisdit.

Alice garda le silence, car elle ne voulait pas entamer uneautre discussion.

– Sept ans et six mois, répéta le Gros Coco d'un ton pensif.C'est un âge bien incommode. Vois-tu, si tu m'avais demandéconseil, à moi, je t'aurais dit : « Arrête-toi à septans… » Mais, à présent, il est trop tard.

– Je ne demande jamais de conseil au sujet de ma croissance,déclara Alice d'un air indigné.

– Tu es trop fière ? demanda l'autre.

Alice fut encore plus indignée en entendant ces mots.

– Je veux dire, expliqua-t-elle, qu'un enfant ne peut pass'empêcher de grandir.

– Un enfant, peut-être ; mais deux enfants, oui. Si ont'avait aidée comme il faut, tu aurais pu t'arrêter à sept ans.

– Quelle belle ceinture vous avez ! dit Alice tout d'uncoup. (Elle jugeait qu'ils avaient suffisamment parlé de sonâge ; et, s'ils devaient vraiment choisir un sujet chacun àleur tour, c'était son tour à elle, à présent). Du moins,con-tinua-t-elle en se reprenant après un moment de réflexion, c'estune belle cravate j'aurais dû dire… non, plutôt une ceinture…Oh ! je vous demande bien pardon ! s'exclama-t-elle, toute consternée, car le Gros Coco avait l'air extrêmement vexé ; et elle commença à regretter d'avoir choisi un pareil sujet. (« Si je savais seulement, pensa-t-elle, ce qui est la taille et ce qui est le cou ! ») Le Gros Coco était manifestement furieux. Toutefois, il garda le silence pendant deux bonnes minutes. Lorsqu'il parla de nouveau, ce fut d'une voix basse et grondante.

– C'est une chose vraiment exaspérante, dit-il, de voir que certaines personnes sont incapables de distinguer une cravate d'une ceinture.

– Je sais que je me suis montrée très ignorante, répondit Alice d'un ton si humble que le Gros Coco s'adoucit.

– C'est une cravate, mon enfant, et une très belle cravate, comme tu l'as fait remarquer toi-même. C'est un cadeau du Roi Blanc et de la Reine Blanche. Que penses-tu de ça ?

– Vraiment ? dit Alice, tout heureuse de voir qu'elle avait choisi un bon sujet de conversation.

– Ils me l'ont donnée, continua le Gros Coco d'un ton pensif, en croisant les jambes et en prenant un de ses genoux à deux mains, comme cadeau de non-anniversaire.

– Je vous demande pardon ? dit Alice, très intriguée.

– Tu ne m'as pas offensé, répondit le Gros Coco.

– Je veux dire : qu'est-ce que c'est qu'un cadeau de non-anniversaire ?

– C'est un cadeau qu'on vous donne quand ce n'est pas votre anniversaire.
Alice réfléchit un moment.

– Je préfère les cadeaux d'anniversaire, déclara-t-elle enfin.

– Tu ne sais pas ce que tu dis ! s'écria le Gros Coco. Combien de jours y a-t-il dans l'année ?

– Trois cent soixante-cinq.

– Et combien d'anniversaires as-tu ?

– Un seul.

– Et si tu ôtes un de trois cent soixante-cinq que reste-t-il ?

– Trois cent soixante-quatre, naturellement.
Le Gros Coco prit un air de doute.

– J'aimerais mieux voir ça écrit sur du papier, déclara-t-il.
Alice ne put s'empêcher de sourire, tout en prenant son carnet et en faisant la soustraction.

$$
\begin{array}{r}
365 \\
-\ 1 \\
\hline
364
\end{array}
$$

Le Gros Coco prit le carnet, et regarda très attentivement.

– Ça me paraît très bien…, commença-t-il.

– Vous tenez le carnet à l'envers ! s'exclama Alice.

– Ma parole, mais c'est vrai ! dit gaiement le Gros Coco, tandis qu'elle tournait le carnet dans le bon sens. Ça m'avait l'air un peu bizarre… Comme je le disais, ça me paraît très bien…quoique je n'aie pas le temps de vérifier… et ça te montre qu'il y a trois cent soixante-quatre jours où tu pourrais recevoir des cadeaux de non-anniversaire…

– Bien sûr.

– Et un seul jour pour les cadeaux d'anniversaire. Voilà de la gloire pour toi !

– Je ne sais pas ce que vous voulez dire par là.

Le Gros Coco sourit d'un air méprisant :

– Naturellement. Tu ne le sauras que lorsque je te l'aurais expliqué. Je voulais dire : « Voilà un bel argument sans réplique ! » – Mais : « gloire », ne signifie pas : « un bel argument sans réplique ! » – Quand, moi, j'emploie un mot, déclara le Gros Coco d'un ton assez dédaigneux, il veut dire exactement ce qu'il me plaît qu'il veuille dire… ni plus ni moins.

– La question est de savoir si vous pouvez obliger les mots à vouloir dire des choses différentes.

– La question est de savoir qui sera le maître, un point c'est tout.

Alice fut beaucoup trop déconcertée pour ajouter quoi que ce fût. Aussi, au bout d'un moment, le Gros Coco reprit :

– Il y en a certains qui ont un caractère impossible… surtout les verbes, ce sont les plus orgueilleux… Les adjectifs, on en fait tout ce qu'on veut, mais pas les verbes… Néanmoins je m'arrange pour les dresser tous tant qu'ils sont, moi ! Impénétrabilité ! Voilà ce que je dis, moi !

– Voudriez-vous m'apprendre, je vous prie, ce que cela signifie ? demanda Alice.

– Voilà qui est parler en enfant raisonnable, dit le Gros Coco d'un air très satisfait. Par « impénétrabilité », je veux dire que nous avons assez parlé sur ce sujet, et qu'il vaudrait mieux que tu m'apprennes ce que tu as l'intention de faire maintenant, car je suppose que tu ne tiens pas à rester ici jusqu'à la fin de tes jours.

– C'est vraiment beaucoup de choses que vous faites dire à un seul mot, fit observer Alice d'un ton pensif.

– Quand je fais beaucoup travailler un mot, comme cette fois-ci, déclara le Gros Coco, je le paie toujours beaucoup plus.

– Oh ! s'exclama Alice, qui était beaucoup trop stupéfaite pour ajouter autre chose.

– Ah ! faudrait que tu les voies venir autour de moi lesamedi soir, continua le Gros Coco en balançant gravement la têtede gauche à droite et de droite à gauche ; pour qu'y touchentleur paye, vois-tu.

(Alice n'osa pas lui demander avec quoi il les payait ;c'est pourquoi je suis incapable de vous l'apprendre).

– Vous avez l'air d'être très habile pour expliquer les mots,monsieur, dit-elle. Voudriez-vous être assez aimable pourm'expliquer ce que signifie le poème« Jabberwocky » ?

– Récite-le moi. Je peux expliquer tous les poèmes qui ont étéinventés jusqu'aujourd'hui…, et un tas d'autres qui n'ont pasencore été inventés.

Ceci paraissait très réconfortant ; aussi Alice récita lapremière strophe :

> *Il étaitgrilheure ;*
> *les slictueux toves Gyraient surl'alloinde et vriblaient ;*
> *Tout flivoreux allaient lesborogoves ;*
> *Les verchons fourgusbourniflaient.*

Ça suffit pour commencer, déclara le Gros Coco. Il y a toutplein de mots difficiles là-dedans. « Grilheure », c'estquatre heures de l'après-midi, l'heure où on commence à fairegriller de la viande pour le dîner.

– Ça me semble parfait. Et « slictueux ? » – Ehbien, « slictueux » signifie : « souple, actif,onctueux. » Vois-tu, c'est comme une valise : il y atrois sens empaquetés en un seul mot.

– Je comprends très bien maintenant, répondit Alice d'un tonpensif. Et qu'est-ce que les « toves » ?

– Eh bien, les « toves » ressemblent en partie à desblaireaux, en partie à des lézards et en partie à destire-bouchons.

– Ce doit être des créatures bien bizarres !

– Pour ça, oui ! Je dois ajouter qu'ils font leur nid sousles cadrans solaires, et qu'ils se nourrissent de fromage.

– Et que signifient « gyrer » et« vribler » ?

– « Gyrer », c'est tourner en rond comme un gyroscope.« Vribler », c'est faire des trous comme unevrille ».

– Et « l'alloinde, » je suppose que c'est l'allée qui partdu cadran solaire ? dit Alice, toute surprise de sa propreingéniosité.

– Naturellement. Vois-tu, on l'appelle « l'alloinde »,parce que c'est une allée qui s'étend loin devant et loin derrièrele cadran solaire… Quant à « flivoreux », celasignifie : « frivole et malheureux » (encore unevalise). Le « borogove » est un oiseau tout maigre,d'aspect minable, avec des plumes hérissées dans tous lessens : quelque chose comme un balai en tresses de coton quiserait vivant.

– Et les « verchons fourgus ? » Pourriez-vousm'expliquer cela ? du moins, si ce n'est pas tropdemander…

– Ma foi, un « verchon » est une espèce de cochonvert ; mais, pour ce qui est de « fourgus », je nesuis pas très sûr. Je crois que ça doit vouloir dire :« fourvoyés, égarés, perdus ».

– Et que signifie « bournifler » ?

– Eh bien, « bournifler », c'est quelque chose entre« beugler » et « siffler », avec, au milieu,une espèce d'éternuement. Mais tu entendras peut-être bournifler,là-bas, dans le bois ; et quand tu auras entendu un seulbourniflement, je crois que tu seras très satisfaite. Qui t'arécité des vers si difficiles ?

– Je les ai lus dans un livre. Mais quelqu'un m'a récité desvers beaucoup plus faciles que ceux-là… je crois que c'était…Bonnet Blanc.

– Pour ce qui est de réciter des vers, déclara le Gros Coco, entendant une de ses grandes mains, moi, je peux réciter des versaussi bien que n'importe qui, si c'est nécessaire…

– Oh, mais ce n'est pas du tout nécessaire ! se hâta dedire Alice, dans l'espoir de l'empêcher de commencer.

– La poésie que je vais te réciter, continua-t-il sans faireattention à cette dernière réplique, a été écrite uniquement pourte distraire.

Alice sentit que, dans ce cas, elle devait vraiment écouter.Elle s'assit donc en murmurant : « Je vousremercie », d'un ton assez mélancolique.

Le Gros Coco débuta en ces termes : « En hiver, quandles prés sont blancs, alors, je te chante ce chant… » –Seulement, je ne le chante pas, expliqua-t-il.

– Je vois bien que vous ne le chantez pas, répondit Alice.

– Si tu es capable de voir si je chante ou si je ne chante pas,tu as des yeux beaucoup plus perçants que ceux de la plupart desgens, dit le Gros Coco d'un ton sévère.

Alice garda le silence.

« Au printemps, quand lesbois s'animent,
Je te dirai à quoi ilrime. »

– Je vous remercie beaucoup de votre amabilité, déclaraAlice.

« *En été, quand les jourssont longs,*
Tu comprends bien machanson.
En automne, où souffle levent,
Tu la copieras noir surblanc. »

– Je n'y manquerai pas, si je peux m'en souvenir jusque-là, dit Alice.

– Inutile de continuer à faire des remarques de ce genre, fit observer le Gros Coco ; elles n'ont aucun sens, et elles me dérangent.

Puis, il poursuivit :

> « J'ai envoyé un message aux poissons,
> En leur disant d'obéir sans façons.
>
> Les petits poissons du grand océan,
> Ils m'ont répondu d'un ton insolent.
>
> Voici ce qu'ils m'ont dit d'un ton très sec :
> « Non, monsieur ; et si nous refusons, c'est que… »

– Je crains de ne pas très bien comprendre, dit Alice.

– La suite est beaucoup plus facile, affirma le Gros Coco :

> J'ai dit : « Prenez le temps de réfléchir ;
> Vous feriez beaucoup mieux de m'obéir. »
>
> Mais ils m'ont répondu d'un air moqueur :
> « Monsieur, ne vous mettez pas en fureur ! »
>
> Deux fois je les ai fait admonester,
> Mais ils ont refusé de m'écouter…
>
> J'ai pris une bouilloire de fer-blanc
> Qui me semblait convenir à mon plan.
>
> Le cœur battant à coups désordonnés,
> J'ai rempli la bouilloire au robinet.
>
> Alors quelqu'un est venu et m'a dit :
> « Tous les petits poissons sont dans leur lit. »
>
> Je lui ai répondu très nettement :
> « Il faut les réveiller, et prestement. »
>
> Cela, bien fort je le lui ai crié ;
> À son oreille je l'ai claironné.

La voix du Gros Coco monta jusqu'à devenir un cri aigu pendantqu'il récitait ces deux vers, et Alice pensa en frissonnant :« Je n'aurais pas voulu être le messager pour rien aumonde ! »

Il prit un air saisi etmécontent,
Et dit : « Ne hurlezpas, je vous entends ! »

Il prit un air mécontent etsaisi
Et dit : « J'irais bienles réveiller si… »

Alors j'ai pris un grandtire-bouchon,
Pour m'en aller réveiller lespoissons.

Hélas ! la porte étaitfermée à clé ;
J'eus beau cogner, je ne pus m'enaller.

Comment pouvais-je sortirdésormais ?
J'essayai de tourner la poignée,mais… »

Il y eut un long silence.

– Est-ce tout ? demanda Alice timidement.

– C'est tout, répondit le Gros Coco. Adieu.

Alice trouva que c'était une façon un peu brutale de seséparer ; mais, après une allusion si nette au fait qu'elledevait partir, elle sentit qu'il ne serait guère poli de rester.Elle lui tendit la main.

– Adieu, jusqu'à notre prochaine rencontre ! dit-elle aussigaiement qu'elle le put.

– En admettant que nous nous rencontrions de nouveau, je ne tereconnaîtrais sûrement pas, déclara le Gros Coco d'un tonmécontent, en lui tendant un doigt à serrer. Tu ressemblestellement à tout le monde !

– Généralement, on reconnaît les gens à leur visage, murmuraAlice d'un ton pensif.

– C'est justement de cela que je me plains, répliqua le GrosCoco. Ton visage est exactement le même que celui des autres… Lesdeux yeux ici… (Il indiqua leur place dans l'air avec son pouce)…le nez au milieu, la bouche sous le nez. C'est toujours pareil. Situ avais les deux yeux du même côté du nez, par exemple… ou labouche à la place du front… ça m'aiderait un peu.

– Ça ne serait pas joli, objecta Alice.

Mais le Gros Coco se contenta de fermer les yeux, endisant :

– Attends d'avoir essayé.

Alice resta encore une minute pour voir s'il allait continuer àparler ; mais, comme il gardait les yeux fermés et ne faisaitplus du tout attention à elle, elle répéta :« Adieu ! » ; puis, ne recevant pas de réponse,elle s'en alla tranquillement. Mais elle ne put s'empêcher demurmurer, tout en marchant : « De tous les gens décevantsque j'ai jamais rencontrés… » Elle n'arriva pas à terminer saphrase, car, à ce moment, un fracas formidable ébranla la forêtd'un bout à l'autre.

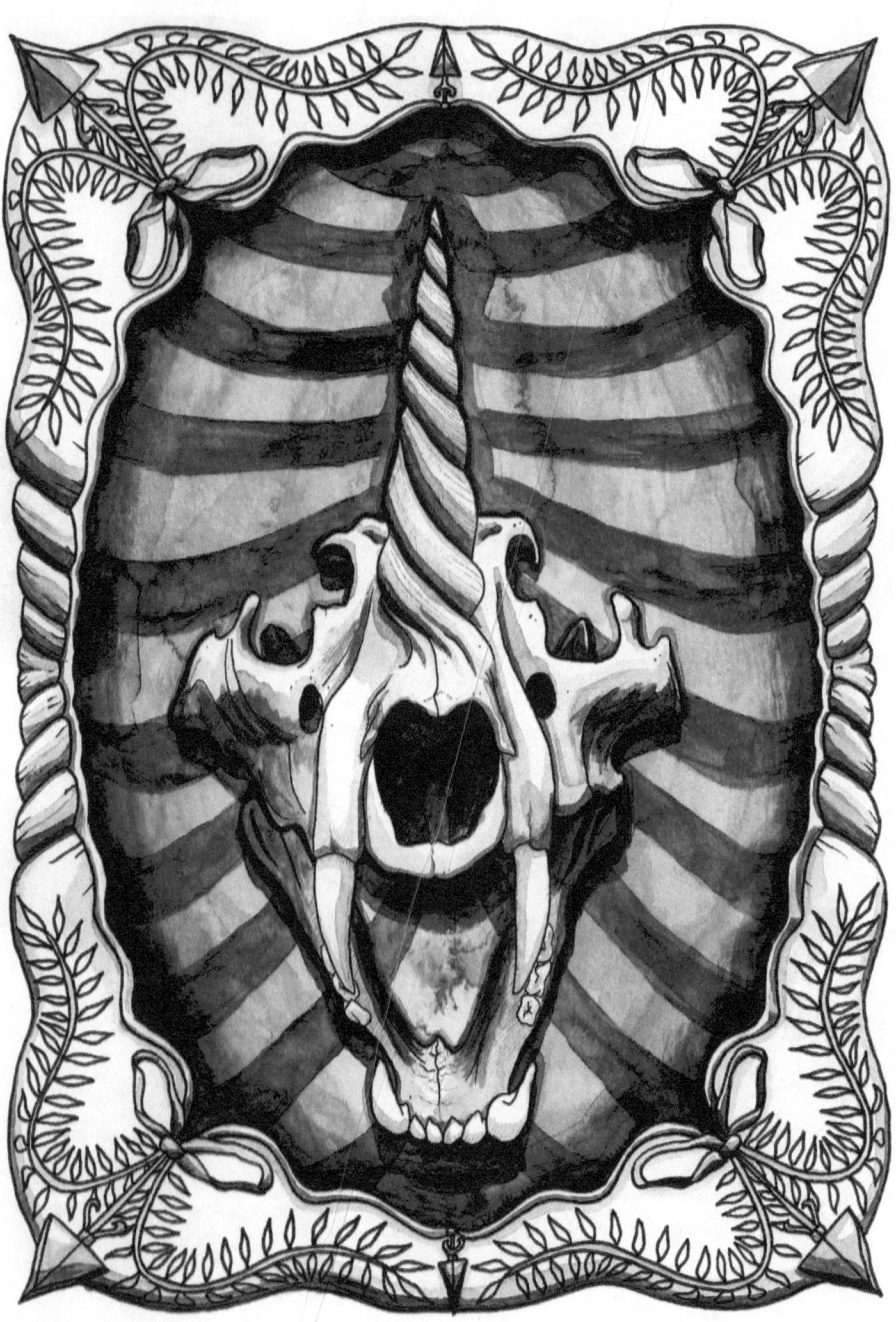

CHAPITRE VII

LE LION ET LA LICORNE

Un instant plus tard des soldats pénétraient sous les arbres au pas de course, d'abord par deux et par trois, puis par dix et par vingt, et, finalement, en si grand nombre qu'ils semblaient remplir toute la forêt. Alice se posta derrière un arbre, de peur d'être renversée, et les regarda passer.

Elle se dit qu'elle n'avait jamais vu des soldats si peu solides sur leurs jambes : ils trébuchaient toujours sur un obstacle quelconque, et, chaque fois que l'un d'eux tombait, plusieurs autres tombaient sur lui, si bien que le sol fut bientôt couvert de petits tas d'hommes étendus.

Puis vinrent les chevaux. Grâce à leurs quatre pattes, ils s'en tiraient un peu mieux que les fantassins ; mais, malgré tout, eux aussi trébuchaient de temps en temps ; et, chaque fois qu'un cheval trébuchait, le cavalier ne manquait jamais de dégringoler. Comme le désordre ne cessait de croître, Alice fut tout heureuse d'arriver enfin à une clairière où elle trouva le Roi Blanc assis sur le sol, en train d'écrire avec ardeur sur son carnet.

– Je les ai tous envoyés en avant ! s'écria le Roi d'un ton ravi, dès qu'il aperçut Alice. Ma chère enfant, as-tu par hasard rencontré des soldats en traversant le bois ?

– Oui, répondit Alice ; je crois qu'il doit y en avoir plusieurs milliers.

– Il y en a exactement quatre mille deux cent sept, déclara le Roi en se reportant à son carnet. Je n'ai pas pu envoyer tous les chevaux, parce qu'il m'en faut deux pour la partie d'échecs. Et je n'ai pas non plus envoyé les deux Messagers qui sont partis à la ville. Regarde donc sur la route si l'un ou l'autre ne revient pas. Eh bien, que vois-tu ?

– Personne, répondit Alice.

– Moi, je voudrais bien avoir des yeux comme les tiens, dit le Roi d'une voix chagrine. Être capable de voir Personne ! Et à une si grande distance, par-dessus le marché ! Tout ce que je peux faire, moi, c'est de voir les gens qui existent réellement !

Tout ceci était perdu pour Alice qui, une main en abat-jour audessus de ses yeux, continuait à regarder attentivement sur laroute.

– Je vois quelqu'un à présent ! s'exclama-t-elle enfin.Mais il avance très lentement, et il prend des attitudes vraimentbizarres (En effet, le Messager n'arrêtait pas de sauter en l'airet de se tortiller comme une anguille, chemin faisant, en tenantses grandes mains écartées de chaque côté comme des éventails). –Pas du tout, dit le Roi. C'est un Messager anglo-saxon, et sesattitudes sont des attitudes anglo-saxonnes. Il ne se tient ainsique lorsqu'il est heureux. Il s'appelle Haigha.

Alice ne put s'empêcher de commencer :

– J'aime mon ami par H parce qu'il est Heureux. Je déteste monami par H, parce qu'il est Hideux. Je le nourris de… de… de Hachiset d'Herbe. Il s'appelle Haigha, et il vit…

– Il vit sur la Hauteur, continua le Roi très simplement (sansse douter le moins du monde qu'il prenait part au jeu, tandisqu'Alice cherchait encore le nom d'une ville commençant par H).L'autre Messager s'appelle Hatta. Il m'en faut deux, vois-tu… pouraller et venir. Un pour aller, et un pour venir.

– Je vous demande pardon ?

– C'est très mal élevé de demander quelque chose sansajouter : « s'il vous plaît ! » – Je voulaisdire que je n'avais pas compris. Pourquoi un pour aller et un pourvenir ?

– Mais je suis en train de te l'expliquer ! s'écria le Roid'un ton impatienté.

Il m'en faut deux pour aller chercher les choses. Un pour aller,un pour chercher.

À ce moment, le Messager arriva. Beaucoup trop essoufflé pourpouvoir parler, il se contenta d'agiter les mains dans tous lessens et de faire au Roi les plus effroyables grimaces.

– Cette jeune personne t'aime par H, dit le Roi, dans l'espoirde détourner de lui l'attention du Messager.

Mais ce fut en vain : les attitudes anglo-saxonnes sefirent de plus en plus extraordinaires, tandis que Haigha roulaitses gros yeux égarés de côté et d'autre.

– Tu m'inquiètes ! s'exclama le Roi. Je me sens défaillir…Donne-moi un sandwich au hachis !

Sur ce, le Messager, au grand amusement d'Alice, ouvrit un sacpendu autour de son cou et tendit un sandwich au Roi qui le dévoraavidement.

– Un autre sandwich ! demanda le Roi.

– Il ne reste que de l'herbe, à présent, répondit le Messager enregardant dans le sac.

– Eh bien, donne-moi de l'herbe, murmura le Roi d'une voixéteinte.

Alice fut tout heureuse de voir que l'herbe lui rendait beaucoupde forces.

– Il n'y a rien de tel que l'herbe quand on se sent défaillir,dit-il à Alice tout en mâchonnant à belles dents.

– Je croyais qu'il valait mieux qu'on vous jette de l'eau froideau visage, suggéra Alice…. ou bien qu'on vous fasse respirer dessels.

– Je n'ai pas dit qu'il n'y avait rien de mieux, répliqua leRoi. J'ai dit qu'il n'y avait rien de tel.

Ce qu'Alice ne se risqua pas à nier.

– Qui as-tu rencontré sur la route ? poursuivit le Roi, entendant la main au Messager pour se faire donner encore un peud'herbe.

– Personne.

– Tout à fait exact. Cette jeune fille l'a vu également. Ce quiprouve une chose : qui marche plus lentement que toi ?Personne !

– C'est faux, répliqua le Messager d'un ton maussade. C'est toutle contraire : qui marche plus vite que moi ?Personne !

– C'est impossible ! dit le Roi. Si Personne marchait plusvite que toi, il serait arrivé ici le premier… Quoi qu'il en soit,maintenant que tu as retrouvé ton souffle, raconte-nous un peu cequi s'est passé en ville.

– Je vais le murmurer, dit le Messager en mettant ses mains enporte-voix et en se penchant pour être tout près de l'oreille duRoi.

Alice fut très déçue en voyant cela, car elle aussi voulaitentendre la nouvelle. Mais, au lieu de murmurer, le Messager hurlade toutes ses forces :

– Ils sont encore en train de se bagarrer !

– C'est ça que tu appelles murmurer ! s'écria le pauvre Roien sursautant et en se secouant. Si jamais tu recommences, je teferai rouer de coups. Ça m'a traversé la tête comme un tremblementde terre !

« Il faudrait que ce soit un tremblement de terreminuscule ! » pensa Alice.

– Qui est-ce qui est en train de se bagarrer ? serisqua-t-elle à demander.

– Mais voyons, le Lion et la Licorne, bien sûr, répondit leRoi.

– Ils luttent pour la couronne ?

– Naturellement ; et ce qu'il y a de plus drôle dans cetteaffaire, c'est que c'est toujours de ma couronne à moi qu'ils'agit ! Courons vite, on va aller les voir !

Ils partirent, et, tout en courant, Alice se répétait lesparoles de la vieille chanson : Pour la couronne d'or et pourla royauté, Le fier Lion livrait combat à la Licorne.

Elle fuit devant lui à travers la cité, Sans jamais, toutefois,en dépasser les bornes.

Ils eurent du gâteau, du pain noir, du pain blanc ; Puis,de la ville on les chassa tambour battant.

– Et… est-ce que… celui… qui gagne… obtient la couronne ?deman-
da-t-elle de son mieux, car elle était hors d'haleine à forcede courir.

– Seigneur, non ! répondit le Roi. En voilà uneidée !

– Voudriez-vous être assez bon… dit Alice d'une voix haletante,après
avoir couru encore un peu, pour arrêter… une minute… justepour… reprendre haleine ?

– Je suis assez bon, répliqua le Roi, mais je ne suis pas assezfort. Vois-
tu, une minute passe beaucoup trop vite pour qu'onpuisse l'arrêter. Autant
vaudrait essayer d'arrêter unBandersnatch !

Alice n'ayant pas assez de souffle pour parler tous deuxcontinuèrent, et ils
arrivèrent enfin en vue d'une grande foule aumilieu de laquelle le Lion et la
Licorne se livraient bataille. Ilsétaient entourés d'un tel nuage de poussière
qu'Alice ne put toutd'abord distinguer les combattants ; mais bientôt, ellere-
connut la Licorne à sa corne.

Alice et le Roi se placèrent tout près de l'endroit où Hatta,l'autre Messager,
était debout en train de regarder lecombat ; il tenait une tasse de thé d'une
main et une tartinebeurrée de l'autre.

– Il vient à peine de sortir de prison, et, le jour où on l'y amis, il n'avait
pas encore fini son thé, murmura Haigha à l'oreilled'Alice. Là-bas, on ne leur
donne que des coquilles d'huîtres…C'est pour ça, vois-tu, qu'il a très faim et
très soif… Commentvas-tu, mon cher enfant ? continua-t-il en passant son
brasaffectueusement autour du cou de Hatta.

Hatta se retourna, fit un signe de tête, et continua à manger satartine
beurrée.

– As-tu été heureux en prison, mon cher enfant ? demandaHaigha.

Hatta se retourna une seconde fois ; une ou deux larmesroulèrent sur ses
joues, mais il refusa de dire un mot.

– Parle donc ! Tu sais parler ! s'écria Haigha d'unton impatienté.

Mais Hatta se contenta de mastiquer de plus belle et de boireune gorgée
de thé.

– Parle donc ! Tu dois parler ! s'écria le Roi. Où ensont les combattants ?

Hatta fit un effort désespéré et avala un gros morceau de satartine.

– Ils s'en tirent très bien, marmotta-t-il d'une voixétouffée ; chacun d'eux a
touché terre à peu prèsquatre-vingt-sept fois.

– En ce cas, je suppose qu'on ne va pas tarder à apporter lepain blanc et le
pain noir ? se hasarda à demander Alice.

– Le pain les attend, dit Hatta ; je suis en train d'enmanger un morceau.

Juste à ce moment, le combat prit fin, et le Lion et la Licornes'assirent,
haletants, pendant que le Roi criait :

– Dix minutes de trêve ! Qu'on serve lesrafraîchissements !

Haigha et Hatta se mirent immédiatement au travail et firentcirculer des plateaux de pain blanc et de pain noir. Alice en pritun morceau pour y goûter, mais elle le trouva terriblement sec.

– Je crois qu'ils ne se battront plus aujourd'hui, dit le Roi àHatta. Va donner l'ordre aux tambours de commencer.

Et Hatta s'en alla en sautant comme une sauterelle.

Pendant une ou deux minutes, Alice le regarda s'éloigner sansrien dire. Brusquement, son visage s'éclaira.

– Regardez ! Regardez ! s'écria-t-elle, en tendantvivement le doigt. Voilà la Reine blanche qui court tant qu'ellepeut à travers la campagne ! Elle vient de sortir à touteallure du bois qui est là-bas… Ce que ces Reines peuvent courirvite !

– Elle doit sûrement avoir un ennemi à ses trousses, dit le Roi,sans même se retourner. Ce bois en est plein.

– Mais est-ce que vous n'allez pas vous précipiter à sonsecours ? demanda Alice, très surprise de voir qu'il prenaitla chose si tranquillement.

– Inutile, inutile ! répondit le Roi. Elle court beaucouptrop vite. Autant vaudrait essayer d'arrêter un Bandersnatch !Mais, si tu veux, je vais prendre une note à son sujet… C'estvraiment une excellente créature, marmonna-t-il, en ouvrant soncarnet. Est-ce que tu écris « créature » avec un« k » ?

À ce moment, la Licorne s'approcha d'eux, les mains dans lespoches, d'un pas de promenade.

– Cette fois-ci, c'est moi qui ai eu l'avantage dit-elle au Roien lui jetant un coup d'œil négligent.

– Oui, un tout petit peu, répondit le Roi d'un ton nerveux.Mais, voyez-vous, vous n'auriez pas dû le transpercer de votrecorne.

– Oh, ça ne lui a pas fait mal, déclara la Licorne d'un airdégagé.

Elle s'apprêtait à poursuivre son chemin lorsque son regard seposa par hasard sur Alice : alors elle fit brusquementdemi-tour, et resta un bon moment à la regarder d'une air deprofond dégoût.

– Qu'est-ce que c'est que ça ? demanda-t-elle enfin.

– C'est une petite fille ! répondit Haigha vivement, en seplaçant devant Alice pour la présenter, et en tendant ses deuxmains vers elle dans une attitude très anglo-saxonne. Nous l'avonstrouvée aujourd'hui même. Elle est de grandeur naturelle !

– J'avais toujours cru que c'étaient des monstresfabuleux ! s'exclama la Licorne. Est-ce qu'elle est vraimentbien vivante ?

– Elle sait parler, dit Haigha d'un ton solennel.

La Licorne regarda Alice d'un air rêveur, et ordonna :

– Parle, petite fille.

Alice ne put s'empêcher de sourire tout en disant :

– Moi aussi, voyez-vous, j'avais toujours cru que les Licornesétaient des monstres fabuleux ! Je n'avais jamais vu deLicorne vivante !

– Eh bien, maintenant que nous nous sommes vues, si tu crois enmoi, je croirai en toi. Est-ce une affaire entendue ?

– Oui, si vous voulez.

– Allons, mon vieux, apporte-nous le gâteau continua la Licorneen s'adressant au Roi. Je ne veux pas entendre parler de painnoir !

– Certainement… certainement ! marmotta le Roi, en faisantun signe à Haigha.

Ouvre le sac ! murmura-t-il. Vite ! Non, pas celui-là…il ne contient que de l'herbe !

Haigha tira du sac un gros gâteau ; puis il le donna àtenir à Alice, pendant qu'il tirait du sac un plat et un couteau àdécouper. Alice ne put deviner comment tous ces objets étaientsortis du sac. Il lui sembla que c'était un tour deprestidigitation.

Pendant ce temps, le Lion les avait rejoints. Il avait l'airtrès fatigué, très somnolent, et il tenait ses yeux mi-clos.

– Qu'est-ce que c'est que ça ? dit-il, en regardantparesseusement Alice de ses yeux clignotants et en parlant d'unevoix basse et profonde semblable au tintement d'une grossecloche.

– Ah ! justement, qu'est-ce que ça peut bien être ?s'écria vivement la Licorne.

Tu ne le devineras jamais ! Moi, je n'ai pas pu ledeviner.

Le Lion regarda Alice d'un air las.

– Es-tu un animal… un végétal… ou un minéral ? demanda-t-ilen bâillant après chaque mot.

– C'est un monstre fabuleux ! s'écria la Licorne, sansdonner à Alice le temps de répondre.

– Eh bien, passe-nous le gâteau, Monstre, dit le Lion en secouchant et en appuyant son menton sur ses pattes côté devant. Vousdeux, asseyez-vous, ordonna-t-il au Roi et à la Licorne. Et qu'onfasse des parts égales !

Le Roi était manifestement très gêné d'être obligé de s'asseoirentre ces deux énormes créatures ; mais il n'y avait pasd'autre place pour lui.

– Quel combat nous pourrions nous livrer pour la couronne en cemoment-ci ! dit la Licorne en regardant sournoisement lacouronne qui était à deux doigts de tomber de la tête du Roi,tellement il tremblait.

– Je gagnerais facilement, affirma le Lion.

– Je n'en suis pas si sûre que ça, répondit la Licorne.

– Allons donc ! tu as fui devant moi à travers toute lacité, espèce de mauviette ! répliqua le Lion d'une voixfurieuse, en se soulevant à demi.

Ici, le Roi, très agité, intervint pour empêcher la querelle des'envenimer.

– À travers toute la cité ? dit-il d'une voix tremblante.Ça fait pas mal de chemin. Êtes-vous passés par le vieux pont oupar la place du marché ? Par le vieux pont, la vue estbeaucoup plus belle.

– Je n'en sais absolument rien, grommela le Lion, tout en serecouchant. Il y avait tant de poussière qu'on ne pouvait rienvoir… Comme le Monstre met du temps à couper ce gâteau !

Alice s'était assise au bord d'un petit ruisseau, le grand platsur les genoux, et sciait le gâteau tant qu'elle pouvait avec lecouteau à découper.

– C'est exaspérant ! répondit-elle au Lion. (Ellecommençait à s'habituer à être appelée « le Monstre »).J'ai déjà coupé plusieurs tranches, mais elles se recollentimmédiatement !

– Tu ne sais pas comment il faut s'y prendre avec les gâteaux duPays du Miroir, dit la Licorne. Fais-le circuler d'abord, etcoupe-le ensuite.

Ceci semblait parfaitement absurde ; mais Alice obéit, seleva, fit circuler le plat, et le gâteau se coupa tout seul entrois morceaux.

– Maintenant, coupe-le, ordonna le Lion, tandis qu'elle revenaità sa place en portant le plat vide.

– Dites donc, ça n'est pas juste ! s'écria la Licorne,tandis qu'Alice, assise, le couteau à la main, se demandait avecembarras comment elle allait faire. Le Monstre a donné au Lion unepart deux fois plus grosse que la mienne !

– De toutes façons, elle n'a rien gardé pour elle, fit observerle Lion. Aimes-tu le gâteau, Monstre ?

Mais, avant qu'Alice eût pu répondre, les tambours commencèrentà battre.

Elle fut incapable de distinguer d'où venait le bruit : onaurait dit que l'air était plein du roulement des tambours quirésonnait sans arrêt dans sa tête, tant et si bien qu'elle sesentait complètement assourdie.

Elle se leva d'un bond, et, dans sa terreur, elle franchit…

… le ruisseau. Elle eut juste le temps de voir le Lion et laLicorne se dresser, l'air furieux d'être obligés d'interrompre leurrepas. Elle tomba à genoux et se boucha les oreilles de ses mains,pour essayer vainement de ne plus entendre l'épouvantable vacarme.« Si ça ne suffit pas à les chasser de la ville »,pensa-t-elle, « rien ne pourra les fairepartir ! »

CHAPITRE VIII

'C'est de Mon Invention'

Au bout d'un moment, le bruit sembla décroître peu à peu. Bientôt, un silence de mort régna, et Alice releva la tête, non sans inquiétude. Ne voyant personne autour d'elle, elle crut d'abord que le Lion, la Licorne et les bizarres Messagers anglo-saxons, n'étaient qu'un rêve. Mais à ses pieds se trouvait le grand plat sur lequel elle avait essayé de couper le gâteau. « Donc, ce n'est pas un rêve, pensa-t-elle, à moins que... à moins que nous ne fassions tous partie d'un même rêve. Seulement, dans ce cas, j'espère que c'est mon rêve à moi, et non pas celui du Roi Rouge ! Je n'aimerais pas du tout appartenir au rêve d'une autre personne, continua-t-elle d'un ton plaintif ; j'ai très envie d'aller le réveiller pour voir ce qui se passera ! » À ce moment, elle fut interrompue dans ses réflexions par un grand cri de : « Holà ! Holà ! Échec ! », et un Cavalier recouvert d'une armure cramoisie arriva droit sur elle au galop, en brandissant un gros gourdin. Juste au moment où il allait l'atteindre, le cheval s'arrêta brusquement.

– Tu es ma prisonnière ! cria le Cavalier, en dégringolant à bas de sa monture.

Malgré son effroi et sa surprise, Alice eut plus peur pour lui que pour elle sur le moment, et elle le regarda avec une certaine anxiété tandis qu'il se remettait en selle. Dès qu'il fut confortablement assis, il commença à dire une deuxième fois : « Tu es ma pri... », mais il fut interrompu par une autre voix qui criait : « Holà ! Holà ! Échec ! » et Alice, assez surprise, se retourna pour voir qui était ce nouvel ennemi.

Cette fois-ci, c'était un Cavalier Blanc. Il s'arrêta tout près d'Alice, et dégringola de son cheval exactement comme le Cavalier Rouge ; puis, il se remit en selle, et les deux Cavaliers restèrent à se dévisager sans mot dire, tandis qu'Alice les regardait tour à tour d'un air effaré.

– C'est ma prisonnière à moi, ne l'oublie pas ! déclara enfin le Cavalier Rouge.

– D'accord ; mais moi, je suis venu à son secours, et je l'ai délivrée ! répliqua le Cavalier Blanc.

– En ce cas nous allons nous battre pour savoir à qui elle sera, dit le Cavalier Rouge en prenant son casque (qui était pendu à saselle et ressemblait assez à une tête de cheval) et en s'encoiffant.

– Naturellement, tu observeras les Règles du Combat ? demanda le Cavalier Blanc, en mettant son casque à son tour.

– Je n'y manque jamais, répondit le Cavalier Rouge.

Sur quoi, ils commencèrent à se cogner avec tant de fureurqu'Alice alla se réfugier derrière un arbre pour se mettre à l'abrides coups.

« Je me demande ce que les Règles du Combat peuvent bienêtre, pensait-elle, tout en avançant timidement la tête pour mieuxvoir la bataille.

On dirait qu'il y a une Règle qui veut que si un Cavalier touchel'autre il le fait tomber de son cheval, et, s'il le manque, c'estlui-même qui dégringole ; on dirait aussi qu'il y a une autrerègle qui veut qu'ils tiennent leur gourdin avec leur avant-bras,comme Guignol. Quel bruit ils font quand ils dégringolent sur ungarde-feu ! Et ce que les chevaux sont calmes ! Ils leslaissent monter et descendre exactement comme s'ils étaient destables ! » Une autre Règle du Combat, qu'Alice n'avaitpas remarquée, semblait prescrire qu'ils devaient toujours tombersur la tête, et c'est ainsi que la bataille prit fin : tousdeux tombèrent sur la tête, côte à côte. Une fois relevés, ils seserrèrent la main ; puis le Cavalier Rouge enfourcha soncheval et partit au galop.

– J'ai remporté une glorieuse victoire, n'est-ce pas ? déclara le Cavalier Blanc, tout haletant, en s'approchantd'Alice.

– Je ne sais pas, répondit-elle d'un ton de doute. En tout cas,je ne veux être la prisonnière de personne. Je veux être laReine.

– Tu le seras quand tu auras franchi le ruisseau suivant, promitle Cavalier Blanc. Je t'accompagnerai jusqu'à ce que tu sois sortiedu bois ; après ça, vois-tu, il faudra que je m'en revienne.Mon coup ne va pas plus loin.

– Je vous remercie beaucoup, dit Alice. Puis-je vous aider àôter votre casque ?

De toute évidence, il aurait été bien incapable de l'ôter toutseul ; et Alice eut beaucoup de mal à le retirer en lesecouant de toutes ses forces.

– À présent, je respire un peu mieux, déclara le Cavalier, qui,après avoir rejeté à deux mains ses longs cheveux en arrière,tourna vers Alice son visage plein de bonté et ses grands yeux trèsdoux.

La fillette pensa qu'elle n'avait jamais vu un soldat d'aspectaussi étrange. Il était revêtu d'une armure de fer blanc qui luiallait très mal, et il portait, attachée sens dessus dessous surses épaules, une bizarre boîte de bois blanc dont le couverclependait. Alice la regarda avec beaucoup de curiosité.

– Je vois que tu admires ma petite boîte, dit le Cavalier d'unton bienveillant.

C'est une boîte de mon invention, dans laquelle je mets desvêtements et des sandwichs. Vois-tu, je la porte sens dessusdessous pour que la pluie ne puisse pas y entrer.

– Oui, mais les choses qu'elle contient peuvent en sortir, fitobserver Alice d'une voix douce. Savez-vous que le couvercle estouvert ?

– Non, je ne le savais pas, répondit le Cavalier en prenant unair contrarié. En ce cas tout ce qui était dedans a dûtomber ! La boîte ne me sert plus à rien si elle est vide.

Il la détacha tout en parlant, et il s'apprêtait à la jeter dansles buissons lorsqu'une idée sembla lui venir brusquement àl'esprit, car il suspendit soigneusement la boîte à un arbre.

– Devines-tu pourquoi je fais cela ? demanda-t-il àAlice.

Elle fit « non » de la tête.

– Dans l'espoir que les abeilles viendront y nicher… Comme çaj'aurais du miel.

– Mais vous avez une ruche – ou quelque chose qui ressemble àune ruche – attachée à votre selle, fit observer Alice.

– Oui, et c'est même une très bonne ruche, dit le Cavalier d'unton mécontent.

Mais aucune abeille ne s'en est approchée jusqu'à présent. Àcôté il y a une souricière. Je suppose que les souris empêchent lesabeilles de venir… ou bien ce sont les abeilles qui empêchent lessouris de venir … je ne sais pas au juste.

– Je me demandais à quoi la souricière pouvait bien servir. Iln'est guère probable qu'il y ait des souris sur le dos ducheval.

– Peut-être n'est-ce guère probable ; mais si, par hasard,il en venait, je ne veux pas qu'elles se mettent à courir partout…Vois-tu, continua-t-il, après un moment de silence, il vaut mieuxtout prévoir. C'est pour ça que mon cheval porte des anneaux de feraux chevilles.

– Et à quoi servent ces anneaux ? demanda Alice avecbeaucoup de curiosité.

– C'est pour le protéger des morsures de requins. Ça aussi,c'est de mon invention… Et maintenant, aide-moi à me remettre enselle. Je vais t'accompagner jusqu'à la lisière du bois… À quoidonc sert ce plat ?

– Il est fait pour contenir un gâteau.

– Nous ferons bien de l'emmener avec nous. Il sera bien commodesi nous trouvons un gâteau. Aide-moi à le fourrer dans ce sac.

L'opération dura très longtemps. Alice avait beau tenir le sactrès soigneusement ouvert, le Cavalier s'y prenait avec beaucoup demaladresse : les deux ou trois premières fois qu'il essaya defaire entrer le plat, il tomba lui-même la tête dans le sac.

– Vois-tu, c'est terriblement serré, dit-il lorsqu'ils eurentenfin réussi à caser le plat, parce qu'il y a beaucoup dechandeliers dans le sac.

Et il l'accrocha à sa selle déjà chargée de bottes de carottes,de pelles, de pincettes, de tisonniers, et d'un tas d'autresobjets.

– J'espère que tes cheveux tiennent bien ? continua-t-il,tandis qu'ils se mettaient en route.

– Ils tiennent comme d'habitude, répondit Alice en souriant.

– Ça n'est guère suffisant, dit-il d'une voix anxieuse. Vois-tu,le vent est terriblement fort ici. Il est aussi fort que ducafé.

– Avez-vous inventé un système pour empêcher les cheveux d'êtreemportés par le vent ?

– Pas encore ; mais j'ai un système pour les empêcher detomber.

– Je voudrais bien le connaître.

– D'abord tu prends un bâton bien droit. Ensuite tu y faisgrimper tes cheveux, comme un arbre fruitier. La raison qui faitque les cheveux tombent, c'est qu'ils pendent par en bas… Lescheveux ne tombent jamais par en haut, vois-tu.

C'est de mon invention. Tu peux essayer si tu veux.

Mais Alice trouva que ce système n'avait pas l'air trèsagréable. Pendant quelques minutes, elle continua à marcher ensilence, réfléchissant à cette idée et s'arrêtant de temps à autrepour aider le pauvre Cavalier à remonter sur son cheval.

En vérité, c'était un bien piètre cavalier. Toutes les fois quele cheval s'arrêtait (ce qui arrivait très fréquemment), leCavalier tombait en avant ; et toutes les fois que le chevalse remettait en marche (ce qu'il faisait avec beaucoup debrusquerie), le Cavalier tombait en arrière. Ceci mis à part, ilfaisait route sans trop de mal, sauf que, de temps en temps, iltombait de côté ; et comme il tombait presque toujours du côtéoù se trouvait Alice, celle-ci comprit très vite qu'il valait mieuxne pas marcher trop près du cheval.

– Je crains que vous ne vous soyez pas beaucoup exercé à monterà cheval, se risqua-t-elle à dire, tout en le relevant après sacinquième chute.

À ces mots, le Cavalier prit un air très surpris et un peublessé.

– Qu'est-ce qui te fait croire cela ? demanda-t-il, tandisqu'il regrimpait en selle en s'agrippant d'une main aux cheveuxd'Alice pour s'empêcher de tomber de l'autre côté.

– C'est que les gens tombent un peu moins souvent que vous quandils se sont exercés pendant longtemps.

– Je me suis exercé très longtemps, affirma le Cavalier d'un tonextrêmement sérieux, oui, très longtemps !

Alice ne trouva rien de mieux à répondre que :« Vraiment ? » mais elle le dit aussi sincèrementqu'elle le put. Sur ce, ils continuèrent à marcher ensilence : le Cavalier, les yeux fermés, marmottait quelquechose entre ses dents, et Alice attendait anxieusement la prochainechute.

– Le grand art en matière d'équitation, commença brusquement leCavalier d'une voix forte, en faisant de grands gestes avec sonbras droit, c'est de garder…

La phrase s'arrêta là aussi brusquement qu'elle avait commencé,et le Cavalier tomba lourdement la tête la première sur le sentierqu'Alice était en train de suivre.

Cette fois, elle eut très peur, et demanda d'une voix anxieuse,tout en l'aidant à se relever :

– J'espère que vous ne vous êtes pas cassé quelquechose ?

– Rien qui vaille la peine d'en parler, répondit le Cavalier,comme s'il lui était tout à fait indifférent de se casser deux outrois os. Comme je le disais, le grand art en matière d'équitation,c'est de… garder son équilibre. Comme ceci, vois-tu…

Il lâcha la bride, étendit les deux bras pour montrer à Alice cequ'il voulait dire, et, cette fois, s'aplatit sur le dos juste sousles sabots du cheval.

– Je me suis exercé très longtemps ! répéta-t-il sansarrêt, pendant qu'Alice le remettait sur pied. Très, trèslongtemps !

– C'est vraiment trop ridicule ! s'écria la filletteperdant patience. Vous devriez avoir un cheval de bois monté surroues !

– Est-ce que cette espèce de cheval marche sans secousses ?demanda le Cavalier d'un air très intéressé, tout en serrant àpleins bras le cou de sa monture, juste à temps pour s'empêcher dedégringoler une fois de plus.

– Ces chevaux-là marchent avec beaucoup moins de secousses qu'uncheval vivant, dit Alice, en laissant fuser un petit éclat de rire,malgré tout ce qu'elle put faire pour se retenir.

– Je m'en procurerai un, murmura le Cavalier d'un ton pensif. Unou deux… et même plusieurs.

Il y eut un court silence ; après quoi, ilpoursuivit :

– Je suis très fort pour inventer des choses. Par exemple, jesuis sûr que, la dernière fois où tu m'as aidé à me relever, tu asremarqué que j'avais l'air préoccupé.

– Vous aviez l'air très sérieux.

– Eh bien, juste à ce moment-là, j'étais en train d'inventer unnouveau moyen de franchir une barrière… Veux-tu que je tel'enseigne ?

– J'en serai très heureuse, répondit Alice poliment.

– Je vais t'expliquer comment ça m'est venu. Vois-tu, je me suisdit ceci :

« La seule difficulté consiste à faire passerles pieds, car, pour ce qui est de la tête, elle est déjà assezhaute. » Donc, je commence par mettre la tête sur le haut dela barrière… à ce moment-là, ma tête est assez haute… Ensuite je memets debout sur la tête… à ce moment-là, vois-tu, mes pieds sontassez hauts… Et ensuite, vois-tu, je me trouve de l'autre côté.

– En effet, je suppose que vous vous trouveriez de l'autre côtéaprès avoir fait cela, dit Alice d'un ton pensif ; mais necroyez-vous pas que ce serait assez difficile ?

– Je n'ai pas encore essayé, répondit-il très gravement ;c'est pourquoi je n'en suis pas sûr… Mais je crains, en effet, quece ne soit assez difficile.

Il avait l'air si contrarié qu'Alice se hâta de changer de sujetde conversa-tion.

– Quel curieux casque vous avez ! s'exclama-t-elle d'unevoix gaie. Est-ce qu'il est de votre invention, luiaussi ?

Le Cavalier regarda d'un air fier le casque qui pendait à saselle.

– Oui, dit-il ; mais j'en ai inventé un autre qui étaitbien mieux que celui-ci : en forme de pain de sucre. Quand jele portais, si, par hasard, je tombais de mon cheval, il touchaitle sol presque immédiatement ; ce qui fait que je ne tombaispas de très haut, vois-tu… Seulement, bien sûr, il y avait undanger : c'était de tomber dedans. Ça m'est arrivé unefois… ; et, le pire, c'est que, avant que j'aie pu en sortir,l'autre Cavalier Blanc est arrivé et se l'est mis sur la tête,croyant que c'était son casque à lui.

Il racontait cela d'un ton si solennel qu'Alice n'osa pasrire.

– Vous avez dû lui faire du mal, j'en ai bien peur, fit-elleobserver d'une voix tremblotante, puisque vous étiez sur satête.

– Naturellement, j'ai été obligé de lui donner des coups depieds, répliqua le Cavalier le plus sérieusement du monde. Alors,il a enlevé le casque… mais il a fallu des heures et des heurespour m'en faire sortir… J'étais tout écorché ; j'avais levisage à vif… comme l'éclair.

– On dit : « vif comme l'éclair » et non pas« à vif », objecta Alice, ce n'est pas la même chose.

Le Cavalier hocha la tête.

– Pour moi, je t'assure que c'était tout pareil !répondit-il.

Là-dessus, il leva les mains d'un air agité, et, immédiatement,il dégringola de sa selle pour tomber la tête la première dans unfossé profond.

Alice courut au bord du fossé pour voir ce qu'il était devenu.Cette dernière chute lui avait causé une brusque frayeur :étant donné que le Cavalier était resté ferme en selle pendant unbon bout de temps, elle craignait qu'il ne se fût vraiment faitmal. Mais, quoiqu'elle ne pût voir que la plante de ses pieds, ellefut très soulagée de l'entendre continuer à parler de son ton devoix habituel.

– Pour moi, c'était tout pareil, répéta-t-il ; mais, lui,il a fait preuve d'une grande négligence en mettant le casque d'unautre homme… surtout alors que cet homme était dedans !

– Comment pouvez-vous faire pour parler tranquillement, la têteen bas ? demanda Alice, qui le tira par les pieds et le déposaen un tas informe au bord du fossé.

Le Cavalier eut l'air surpris de sa question.

– La position dans laquelle se trouve mon corps n'a aucuneespèce d'importance, répondit-il. Mon esprit fonctionne tout aussibien. En fait, plus j'ai la tête en bas, plus j'invente de chosesnouvelles… Ce que j'ai fait de plus habile, continua-t-il après unmoment de silence, ç'a été d'inventer un nouveau pudding, pendantqu'on en était au plat de viande.

– À temps pour qu'on puisse le faire cuire pour le servicesuivant ? Ma foi, ç'a été du travail vite fait.

– Eh bien, non, pas pour le service suivant, déclara le Cavalierd'une voix lente et pensive non, certainement pas pour le servicesuivant.

– Alors ce devait être pour le jour suivant ; car jesuppose que vous n'auriez pas voulu deux puddings dans un mêmerepas ?

– Eh bien, non, pas pour le jour suivant ; non,certainement pas pour le jour suivant… En fait, continua-t-il enbaissant la tête, tandis que sa voix devenait de plus en plusfaible, je crois que ce pudding n'a jamais été préparé.

Et pourtant j'avais montré une grande habileté en inventant cepudding.

– Avec quoi aviez-vous l'intention de le faire ? demandaAlice, dans l'espoir de lui remonter le moral, car il avait l'airtrès abattu.

– Ça commençait par du papier buvard, répondit le Cavalier enpoussant un gémissement.

– Ça ne serait pas très bon à manger ; je crains que…

– Ça ne serait pas très bon, tout seul, déclara-t-il vivement.Mais tu n'imagines pas quelle différence ça ferait si on lemélangeait avec d'autres choses… par exemple, de la poudre dechasse et de la cire à cacheter… Ici, il faut que je te quitte.

Alice ne souffla mot ; elle avait l'air tout déconcertée,car elle pensait un pudding.

– Tu es bien triste, dit le Cavalier d'une voix anxieuse ;laisse-moi te chanter une chanson pour te réconforter.

– Est-elle très longue ? demanda Alice, car elle avaitentendu pas mal de poésies ce jour-là.

– Elle est longue, dit le Cavalier, mais elle est très, trèsbelle. Tous ceux qui me l'entendent chanter…. ou bien les larmesleur montent aux yeux, ou bien…

– Ou bien quoi ? dit Alice, car le Cavalier s'étaitinterrompu brusquement.

– Ou bien elles ne leur montent pas aux yeux… Le nom de lachanson s'appelle : « Yeux deBrochet ».

– Ah, vraiment, c'est le nom de la chanson ? dit Alice enessayant de prendre un air intéressé.

– Pas du tout, tu ne comprends pas, répliqua le Cavalier, un peuvexé. C'est ainsi qu'on appelle le nom. Le nom, c'est :« Le Vieillard chargé d'Ans ».

– En ce cas j'aurais dû dire : « C'est ainsi ques'appelle la chanson ? » demanda Alice pour secorriger.

– Pas du tout, c'est encore autre chose. La chansons'appelle : « Comment s'y prendre ». C'estainsi qu'on appelle la chanson ; mais, vois-tu, ce n'est pasla chanson elle-même.

– Mais qu'est-ce donc que la chanson elle-même ? demandaAlice, complètement éberluée.

– J'y arrivais, dit le Cavalier. La chanson elle-même,c'est : « Assis sur la Barrière » ; etl'air est de mon invention.

Sur ces mots, il arrêta son cheval et laissa retomber la bridesur son cou ; puis, battant lentement la mesure d'une main,son visage doux et stupide éclairé par un léger sourire, ilcommença.

De tous les spectacles étranges qu'elle vit pendant son voyage àtravers le Pays du Miroir, ce fut celui-là qu'Alice se rappelatoujours le plus nettement.

Plusieurs années plus tard, elle pouvait évoquer toute la scènecomme si elle s'était passée la veille : les doux yeux bleuset le bon sourire du Cavalier… le soleil couchant qui donnait surses cheveux et brillait sur son armure dans un flamboiement delumière éblouissante… le cheval qui avançait paisiblement, lesrênes flottant sur son cou, en broutant l'herbe à ses pieds… lesombres profondes de la forêt à l'arrière-plan : tout cela segrava dans sa mémoire comme si c'eût été un tableau, tandis que,une main en abat-jour au-dessus de ses yeux, appuyée contre unarbre, elle regardait l'étrange couple formé par l'homme et labête, en écoutant, comme en rêve, la musique mélancolique de lachanson.

« Mais l'air n'est pas de son invention » sedit-elle ; « c'est l'air de : « Je te donnetout, je ne puis faire plus »[footnote]Il s'agit d'untrès long poème de Thomas Moore, professeur de musique à Oxford en1848.[/footnote].

Elle écouta très attentivement, mais les larmes ne lui montèrentpas aux yeux.

Je vais te contermaintenant
L'histoire singulière
De ce bon vieillard chargéd'ans.
Assis sur la barrière.

« Qui es-tu ? Quel estton gagne-pain ? »
Dis-je à cette relique.
Comme un tamis retient duvin,
Je retins sa réplique.

« Je pourchasse lespapillons
Qui volent dans lesnues ;
J'en fais des pâtés demouton,
Que je vends dans lesrues.

Je les vends à de fiersmarins
Qui aux flotss'abandonnent ;
Et c'est là mon seulgagne-pain…
Faites-moi doncl'aumône. »

Mais, moi, qui concevais ceplan :
Teindre en vert mesmoustaches
Et me servir d'un grandécran
Pour que nul ne lesache,

Je dis (n'ayant rienentendu),
À cette vieillebête :
« Allons, voyons !Comment vis-tu ? »
Et lui cognai la tête.

Il me réponditaussitôt :
« Je cours à rendrel'âme,
Et lorsque je trouve unruisseau
Vivement, jel'enflamme ;

On fait de l'huile pourcheveux
De cette eausouveraine ;
Moi, je reçois un sou oudeux ;
C'est bien peu pour mapeine. »

Mais je pensais à unmoyen
De me nourrir de beurre,
Et ne manger rien d'autre,afin
D'engraisser d'heure enheure.

Je le secouai sansfaçon,
Et dis, pleind'impatience :
« Allons, commentvis-tu ? quels sont
Tes moyensd'existence ? »

« Je cherche des yeux debrochets
Sur l'herbe radieuse,
J'en fais des boutons degilets
Dans la nuitsilencieuse.

Je ne demande nidiamants
Ni une boursepleine ;
Mais, pour un sou, à toutvenant,
J'en donne une douzaine.

Aux crabes, je tends desgluaux,
J'en fais un grandmassacre ;
Où je vais par monts et parvaux.
Chercher des roues defiacre.

Voilà comment, envérité,
J'amasse des richesses…
Je boirais bien à lasanté
De Votre NobleAltesse. »

Je l'entendis, ayanttrouvé
Un moyen très facile
D'empêcher les ponts derouiller
En les plongeant dansl'huile.

Je le félicitai d'avoir
Amassé des richesses
Et, plus encore, devouloir
Boire à Ma NobleAltesse.

Et maintenant, lorsque,parfois,
Je déchire mes poches,
Ou quand j'insère mon pieddroit
Dans ma chaussuregauche,

Ou quand j'écrase un de mesdoigts
Sous une lourde roche,
Je sanglote, en merappelant
Ce vieillard au verbe silent,

Aux cheveux si longs et siblancs,
Au visage sombre ettroublant,
Aux yeux remplis d'un feuardent,
Que déchiraient tant detourments,

Qui se balançaitdoucement,
En marmottant etmarmonnant
Comme s'il eût mâché desglands,
Et renâclait comme unélan…
… Ce soir d'été, il y alongtemps,
Assis sur la barrière

Tout en chantant les dernières paroles de la ballade, leCavalier reprit les rênes en main et tourna la tête de son chevaldans la direction d'où ils étaient venus.

– Tu n'as que quelques mètres à faire, dit-il, pour descendre lacolline et franchir ce petit ruisseau ; ensuite, tu serasReine… Mais tout d'abord, tu vas assister à mon départ, n'est-cepas ? ajouta-t-il, en voyant qu'Alice détournait les yeux delui d'un air impatient. J'aurai vite fait. Tu attendras jusqu'à ceque je sois arrivé à ce tournant de la route que tu vois là-bas,et, à ce moment-là, tu agiteras ton mouchoir… veux-tu ? Jecrois que ça me donnera du courage.

– J'attendrai, bien sûr. Merci beaucoup de m'avoir accompagnéesi loin… et merci également de la chanson… elle m'a beaucoupplu.

– Je l'espère, dit le Cavalier d'un ton de doute mais tu n'aspas pleuré autant que je m'y attendais.

Là-dessus, ils se serrèrent la main ; puis, le Cavaliers'enfonça lentement dans la forêt.

« Je suppose que je n'aurai pas longtemps à attendre pourassister à son départ…de sur son cheval ! » pensa Alice,en le regardant s'éloigner. « Là, ça y est ! En plein surla tête, comme d'habitude ! Malgré tout, il se remet en selle-

assez facilement… sans doute parce qu'il y a tant de chosesaccrochées autour du cheval… » Elle continua à se parler de lasorte, tout en regardant le cheval avancer paisiblement sur laroute, et le Cavalier dégringoler tantôt d'un côté, tantôt del'autre. Après la quatrième ou la cinquième chute il arriva autournant, et Alice agita son mouchoir vers lui, en attendant qu'ileût disparu.

« J'espère que ça lui aura donné du courage », sedit-elle, en faisant demitour jusqu'au bas de la colline.« Maintenant, à moi le dernier ruisseau et la couronne deReine ! Ça va être magnifique ! » Quelques pasl'amenèrent au bord du ruisseau.

« Enfin ! voici la Huitième Case ! »s'écria-t-elle, en le franchissant d'un bond…

… et en se jetant, pour se reposer, sur une pelouse aussimoelleuse qu'un tapis de mousse, toute parsemée de petits parterresde fleurs.

« Oh ! que je suis contente d'être ici ! Mais,qu'est-ce que j'ai donc sur la tête ? » s'exclama-t-elled'une voix consternée, en portant la main à un objet très lourd quilui serrait le front.

« Voyons, comment se fait-il que ce soit venu là sans queje le sache ? » se dit-elle en soulevant l'objet et en leposant sur ses genoux pour voir ce que cela pouvait bien être.

C'était une couronne d'or.

CHAPITRE IX

La Reine Alice

« Ça, alors, c'est magnifique ! » dit Alice. « Jamais je ne me serais attendue à être Reine si tôt… Et, pour vous dire la vérité, Votre Majesté », ajouta-t-elle d'un ton sévère (elle aimait beaucoup se réprimander de temps en temps), « il est impossible de continuer à vous prélasser sur l'herbe comme vous le faites ! il faut que les Reines aient un peu de dignité, voyons ! » En conséquence, elle se leva et se mit à marcher, assez raidement pour commencer, car elle avait peur que sa couronne ne tombât, mais elle se consola en pensant qu'il n'y avait personne pour la regarder. « Et d'ailleurs, dit-elle en se rasseyant, si je suis vraiment Reine, je m'en tirerai très bien au bout d'un certain temps. » Il lui était arrivé des choses si étranges qu'elle ne fut pas étonnée le moins du monde de s'apercevoir que la Reine Rouge et la Reine Blanche étaient assises tout près d'elle, une de chaque côté. Elle aurait bien voulu leur demander comment elles étaient venues là, mais elle craignait que ce ne fût pas très poli. Néanmoins, elle pensa qu'il n'y aurait aucun mal à demander si la partie était finie.

– S'il vous plaît, commença-t-elle en regardant timidement la Reine Rouge, voudriez-vous m'apprendre…

– Tu ne dois parler que lorsqu'on t'adresse la parole ! dit la Reine Rouge en l'interrompant brutalement.

– Mais si tout le monde suivait cette règle, répliqua Alice (toujours prête à entamer une petite discussion), si on ne parlait que lorsqu'une autre personne vous adressait la parole, et si l'autre personne attendait toujours que ce soit vous qui commenciez, alors, voyez-vous, personne ne dirait jamais rien, de sorte que…

– C'est ridicule ! s'exclama la Reine. Voyons, mon enfant, ne vois-tu pas que…

Ici, elle s'interrompit en fronçant les sourcils puis, après avoir réfléchi une minute, elle changea brusquement de sujet de conversation :

– Pourquoi disais-tu tout à l'heure : « Si je suis vraiment Reine ? » Quel droit as-tu à te donner cetitre ? Tu ne peux être Reine avant d'avoir subi l'examen quiconvient. Et plus tôt nous commencerons, mieux ça vaudra.

– Mais je n'ai fait que dire : « Si », réponditla pauvre Alice d'un ton piteux.

Les deux Reines s'entre-regardèrent, et la Reine Rouge murmuraen frissonnant :

– Elle prétend qu'elle n'a fait que dire « si »…

– Mais elle a dit beaucoup plus que cela ! gémit la ReineBlanche en se tordant les mains. Oh ! elle a dit beaucoup,beaucoup plus que cela !

– C'est tout à fait exact, ma petite, fit observer la ReineRouge à Alice. Dis toujours la vérité… réfléchis avant de parler…et écris ensuite ce que tu as dit.

– Mais je suis sûre que je ne voulais rien dire…. commençaAlice.

La Reine Rouge l'interrompit brusquement :

– C'est justement cela que je te reproche ! Tu aurais dûvouloir dire quelque chose ! À quoi peut bien servir un enfantqui ne veut rien dire ? Même une plaisanterie doit vouloirdire quelque chose… et il me semble qu'un enfant est plus importantqu'une plaisanterie. Tu ne pourrais pas nier cela, même si tuessayais avec tes deux mains.

– Je ne nie pas les choses avec mes mains, objecta Alice.

– Je n'ai jamais prétendu cela, répliqua la Reine Rouge. J'aidit que tu ne pourrais pas le faire, même si tu essayais.

– Elle est dans un tel état d'esprit, reprit la Reine Blanche,qu'elle veut à tout prix nier quelque chose… Seulement elle ne saitpas quoi nier.

– Quel détestable caractère ! s'exclama la Reine Rouge.

Après quoi il y eut une ou deux minutes de silence gênant.

La Reine Rouge le rompit en disant à la Reine Blanche :

– Je vous invite au dîner que donne Alice ce soir.

La Reine Blanche eut un pâle sourire, et répondit :

– Et moi, je vous invite à mon tour.

– Je ne savais pas que je devais donner un dîner, déclaraAlice ; mais, s'il en est ainsi, il me semble que c'est moiqui dois faire les invitations.

– Nous t'en avons donné l'occasion, déclara la Reine Rouge, maissans doute n'as-tu pas pris beaucoup de leçons depolitesse ?

– Ce n'est pas avec des leçons qu'on apprend la politesse, ditAlice. Les leçons, c'est pour apprendre à faire des opérations, etdes choses de ce genre.

– Sais-tu faire une Addition ? demanda la Reine Blanche.Combien font un plus un plus un plus un plus un plus un plus unplus un plus un plus un ?

– Je ne sais pas, j'ai perdu le compte.

– Elle ne sait pas faire une Addition, dit la Reine Rouge.Sais-tu faire une Soustraction ? Ote neuf de huit.

– Je ne peux pas ôter neuf de huit, répondit vivementAlice ; mais…

– Elle ne sais pas faire une Soustraction, déclara la ReineBlanche. Sais-tu faire une Division ? Divise un pain par uncouteau… qu'est-ce que tu obtiens?

– Je suppose…. commença Alice. Mais la Reine répondit pourelle :

– Des tartines beurrées, naturellement. Essaie une autreSoustraction. Ôte un os d'un chien : que reste-t-il ?

Alice réfléchit :

– L'os ne resterait pas, bien sûr, si je le prenais… et le chienne resterait pas, il viendrait me mordre… et je suis sûre que, moi,je ne resterais pas !

– Donc, tu penses qu'il ne resterait rien ? demanda laReine Rouge.

– Oui, je crois que c'est la Réponse.

– Tu te trompes, comme d'habitude ; il resterait lapatience du chien.

– Mais je ne vois pas comment…

– Voyons, écoute-moi ! s'écria la Reine Rouge. Le chienperdrait patience, n'est-ce pas ?

– Oui, peut-être, dit Alice prudemment.

– Eh bien, si le chien s'en allait, sa patience resterait !s'exclama la Reine.

Alice fit alors observer d'un ton aussi sérieux quepossible :

– Ils pourraient aussi bien s'en aller chacun de leur côté.

Mais elle ne put s'empêcher de penser : « Quellesbêtises nous disons ! »

– Elle est absolument incapable de faire des opérations !s'exclamèrent les deux Reines en même temps d'une voix forte.

– Et vous, savez-vous faire des opérations ? demanda Aliceen se tournant brusquement vers la Reine Blanche, car elle n'aimaitpas être prise en défaut.

La Reine ouvrit la bouche comme si elle suffoquait, et ferma lesyeux.

– Je suis capable de faire une Addition si on me donne assez detemps, déclara-t-elle, mais je suis absolument incapable de faireune Soustraction !

– Naturellement, tu sais ton Alphabet ? dit la ReineRouge.

– Bien sûr que je le sais !

– Moi aussi, murmura la Reine Blanche. Nous le réciteronssouvent en-semble, ma chère petite. Et je vais te dire un secret… jesais lire les mots d'une lettre ! N'est-ce pasmagnifique ? Mais, ne te décourage pas : tu y arriveras,toi aussi, au bout de quelque temps.

Ici, la Reine Rouge intervint de nouveau.

– Es-tu forte en leçons de choses ? demanda-t-elle. Commentfait-on le pain ?

– Ça, je le sais ! s'écria vivement Alice. On prend de lafleur de farine…

– Où est-ce qu'on cueille cette fleur ? demanda la ReineBlanche. Dans un jardin, ou sous les haies ?

– Mais, on ne la cueille pas du tout, expliqua Alice ; onla moud…

– Moût de raisin ou mou de veau ? dit la Reine Blanche. Tuoublies toujours des détails importants.

– Éventons-lui la tête ! intervint la Reine Rouge d'unevoix anxieuse. Elle va avoir la fièvre à force de réfléchirtellement.

Sur quoi, les deux Reines se mirent à la besogne et l'éventèrentavec des poignées de feuilles, jusqu'à ce qu'elle fût obligée deles prier de s'arrêter, parce que cela lui faisait voler lescheveux dans tous les sens.

– Elle est remise, à présent, déclara la Reine Rouge. Connais-tules Langues Étrangères ? Comment dit-on« Turlututu » en allemand ?

– « Turlututu » n'est pas un mot anglais, réponditAlice très sérieusement.

– Qui a dit que c'en était un ? demanda la Reine Rouge.

Alice crut avoir trouvé un moyen de se tirerd'embarras :

– Si vous me dites à quelle langue appartient le mot« turlututu », je vous dirai comment il se dit enallemand ! s'exclama-t-elle d'un ton de triomphe.

Mais la Reine Rouge se redressa rapidement de toute sa hauteuren déclarant :

– Les Reines ne font jamais de marché.

« Je voudrais bien que les Reines ne posent jamais dequestions », pensa Alice.

– Ne nous disputons pas, dit la Reine Blanche d'une voixanxieuse. Quelle est la cause de l'éclair ?

– La cause de l'éclair, commença Alice d'un ton décidé, car ellese sentait très sûre d'elle, c'est le tonnerre… Non, non !ajouta-t-elle vivement pour se corriger, je voulais dire lecontraire.

– Trop tard, déclara la Reine Rouge ; une fois que tu asdit quelque chose, c'est définitif, et il faut que tu en subissesles conséquences.

– Cela me rappelle…, commença la Reine Blanche en baissant lesyeux et en croisant et décroisant les mains nerveusement, que nousavons eu un orage épouvantable mardi dernier… je veux dire pendantun de nos derniers groupes de mardis.

– Dans mon pays à moi, fit observer Alice, il n'y a qu'un jour àla fois.

La Reine Rouge répondit :

– Voilà une façon bien mesquine de faire les choses. Ici,vois-tu, les jours et les nuits vont par deux ou par trois à lafois ; et même, en hiver, il nous arrive d'avoir cinq nuits desuite… pour avoir plus chaud, vois-tu.

– Est-ce que cinq nuits sont plus chaudes ? se risqua àdemander Alice.

– Bien sûr, cinq fois plus chaudes.

– Mais, en ce cas, elles devraient être aussi cinq fois plusfroides…

– Tout à fait exact ! s'écria la Reine Rouge. Cinq foisplus chaudes, et aussi cinq fois plus froides ; de même que jesuis cinq fois plus riche que toi, et aussi cinq fois plusintelligente !

Alice soupira, et renonça à continuer la discussion. « Ça ressemble tout à fait à une devinette qui n'aurait pas de réponse ! » pensa-t-elle.

– Le Gros Coco l'a entendu, lui aussi, continua la Reine Blanche à voix basse, comme si elle se parlait à elle-même. Il est venu à la porte un tire-bouchon à la main…

– Pourquoi faire ? demanda la Reine Rouge.

– Il a dit qu'il voulait entrer à toute force parce qu'il cherchait un hippopotame. Or, il se trouvait qu'il n'y avait rien de pareil dans la maison ce matin-là.

– Y a-t-il des hippopotames chez vous d'habitude ? demanda Alice d'un ton surpris.

– Ma foi, le jeudi seulement, répondit la Reine.

– Je sais pourquoi le Gros Coco est venu vous voir, dit Alice. Il voulait punir les poissons, parce que…

À ce moment, la Reine Blanche reprit :

– Tu ne peux pas t'imaginer quel orage effroyable ç'a été ! Le vent a arraché une partie du toit, et il est entré un gros morceau de tonnerre… qui s'est mis à rouler dans toute la pièce… et à renverser les tables et les objets !…

J'ai eu si peur que j'étais incapable de me rappeler mon nom !

« Jamais je n'essaierais de me rappeler mon nom au milieu d'un accident ! À quoi cela pourrait-il bien servir ? » pensa Alice ; mais elle se garda bien de dire cela à haute voix, de peur de froisser la pauvre Reine.

– Que Votre Majesté veuille bien l'excuser, dit la Reine Rouge à Alice, en prenant une des mains de la Reine Blanche dans les siennes et en la tapotant doucement. Elle est pleine de bonne volonté, mais, en général, elle ne peut s'empêcher de raconter des bêtises.

La Reine Blanche regarda timidement Alice ; celle-ci sentit qu'elle devait absolument dire quelque chose de gentil, mais elle ne put rien trouver.

– Elle n'a jamais été très bien élevée, continua la Reine Rouge. Pourtant elle a un caractère d'une douceur angélique ! Tapote-lui la tête, et tu verras comme elle sera contente !

Mais Alice n'eut pas ce courage.

– Il suffit de lui témoigner un peu de bonté et de lui mettre les cheveux en papillotes, pour faire d'elle tout ce qu'on veut…

La Reine Blanche poussa un profond soupir et posa sa tête sur l'épaule d'Alice.

– J'ai terriblement sommeil ! gémit-elle.

– La pauvre, elle est fatiguée ! s'exclama la Reine Rouge. Lisse-lui les cheveux… prête-lui ton bonnet de nuit… et chante-lui une berceuse.

– Je n'ai pas de bonnet de nuit sur moi, dit Alice en essayant d'obéir à la première partie de ces instructions, et je ne connaispas de berceuse.

– En ce cas, je vais en chanter une moi-même, déclara la ReineRouge. Et elle commença en ces termes :

Reine, faites dodo sur les genouxd'Alice.
Avant de vous asseoir à tableavec délice ;
Le repas terminé, nous partironsau bal,
Et danserons avec un plaisir sanségal !

– Maintenant que tu connais les paroles, ajouta-t-elle en posantsa tête sur l'autre épaule d'Alice, chante-la moi, à mon tour, car,moi aussi, j'ai très sommeil.

Un instant plus tard les deux Reines dormaient profondément etronflaient tant qu'elles pouvaient.

« Que dois-je faire ? » s'exclama Alice, enregardant autour d'elle d'un air perplexe, tandis que l'une desdeux têtes rondes, puis l'autre, roulaient de ses épaules pourtomber comme deux lourdes masses sur ses genoux. « Je croisqu'il n'est jamais arrivé à personne d'avoir à prendre soin de deuxReines endormies en même temps ! Non, jamais, dans toutel'histoire d'Angleterre… D'ailleurs, ça n'aurait pas pu arriver,puisqu'il n'y a jamais eu plus d'une Reine à la fois…Réveillez-vous donc, vous autres !… Ce qu'elles sontlourdes ! » continua-t-elle d'un ton impatienté. Maiselle n'obtint pas d'autre réponse qu'un léger ronflement.

Peu à peu, le ronflement devint de plus en plus net et ressemblade plus en plus à un air de musique. Finalement, elle parvint mêmeà distinguer des mots, et elle se mit à écouter si attentivementque, lorsque les deux grosses têtes s'évanouirent brusquement desur ses genoux, c'est tout juste si elle s'en aperçut.

Elle se trouvait à présent debout devant un porche voûté.Au-dessus de la porte se trouvaient les mots : REINE ALICE engrosses lettres, et, de chaque côté, il y avait une poignée desonnette ; l'une était marquée : « Sonnette des-Visiteurs », l'autre : « Sonnette desDomestiques ».

« Je vais attendre la fin de la chanson, pensa Alice, etpuis je tirerai la… la… Mais, au fait, quelle sonnette faut-il queje tire ? » continua-t-elle, fort intriguée. « Je nesuis pas une visiteuse et je ne suis pas une domestique. Il devraity avoir une poignée de sonnette marquée « Reine »…

Juste à ce moment, la porte s'entrebâilla légèrement. Unecréature pourvue d'un long bec passa la tête par l'ouverture,dit : « Défense d'entrer avant deux-semaines ! » puis referma la porte avec fracas.

Alice frappa et sonna en vain pendant longtemps. À la fin, unetrès vieille grenouille assise sous un arbre se leva et vint vers elle en clopinant ; elle portait un habit d'un jaune éclatant et d'énormes bottes.

– Quoi que vous voulez ? murmura la Grenouille d'une voix grave et enrouée.

Alice se retourna, prête à réprimander la première personne qui se présenterait.

– Où est le domestique chargé de répondre à cette porte ? commença-t-elle.

– Quelle porte ? demanda la Grenouille.

Elle parlait si lentement, d'une voix si traînante, qu'Alice, toute irritée, faillit frapper du pied sur le sol.

– Cette porte-là, bien sûr !

La Grenouille regarda la porte de ses grands yeux ternes pendant une bonne minute ; puis elle s'en approcha et la frotta de son pouce comme pour voir si la peinture s'en détacherait ; puis, elle regarda Alice.

– Répondre à la porte ? dit-elle. Quoi c'est-y qu'elle a demandé ? (Elle était si enrouée que c'est tout juste si la fillette pouvait l'entendre.)

– Je ne comprends pas ce que vous voulez dire, déclara Alice.

– Ben, quoi, j'vous cause pas en chinois, pas ? continua la Grenouille. Ou c'est-y, des fois, qu'vous seriez sourde ? Quoiqu'elle vous a demandé, c'te porte ?

– Rien ! s'écria Alice, impatientée. Voilà un moment que je tape dessus !

– Faut pas faire ça… faut pas, murmura la Grenouille. Parce que ça la contrarie, pour sûr.

Là-dessus, elle se leva et alla donner à la porte un grand coup de pied.

– Faut lui ficher la paix, dit-elle, toute haletante, en regagnant son arbre clopin-clopant ; et alors, elle vous fichera la paix à vous.

À ce moment la porte s'ouvrit toute grande, et on entendit une voix aiguë qui chantait :

Au peuple du Miroir Alice a déclaré :

> « *Je tiens le sceptre en main, j'ai le chef couronné,*
> *Asseyez-vous à table, ô sujets du Miroir ;*
> *Les deux Reines et moi vous invitons ce soir !* »

Puis des centaines de voix entonnèrent en chœur le refrain :

> *Qu'on emplisse les verres, au bruit des chansons !*
> *Qu'on saupoudre la table et de terre et de son !*
> *Mettez des chats dans l'huile et des rats dans le thé.*

Vingt fois deux fois bienvenueVotre Majesté

On entendit ensuite des acclamations confuses, et Alicepensa : « Vingt fois deux font quarante. Je me demande siquelqu'un tient le compte des acclamations. » Au bout d'uneminute, le silence se rétablit, et la même voix aiguë chanta unsecond couplet :

« *Ô sujets du Miroir, ditAlice, approchez !*
C'est un très grand honneur quede me contempler.
Ainsi que de manger et de boire àla fois,
Avec les Reines Rouge et Blancheet avec moi ! »

Le chœur reprit :

Qu'on emplisse les verres avec dugoudron,
Ou avec tout ce qui pourraparaître bon ;
Mêlez du sable au vin, de lalaine au poiré…
Cent fois dix fois bienvenueVotre Majesté !

« Cent fois dix ! répéta Alice, désespérée. Oh, maisça n'en finira jamais ! Il vaut mieux que j'entre tout desuite. » Là-dessus, elle entra, et, dès qu'elle fut entrée, unsilence de mort régna.

Alice jeta un coup d'œil craintif sur la table tout entraversant la grand-salle, et elle remarqua qu'il y avait environcinquante invités de toute espèce : certains étaient desanimaux, d'autres, des oiseaux ; il y avait même quelques-fleurs. « Je suis bien contente qu'ils soient venus sansattendre que je le leur demande, pensa-t-elle, car je n'auraisjamais su qui il fallait inviter ! » Trois chaises setrouvaient au haut bout de la table ; la Reine Rouge et laReine Blanche en occupaient chacune une, mais celle du milieu étaitvide. Alice s'assit, un peu gênée par le silence, puis elleattendit impatiemment que quelqu'un prît la parole.

Finalement, la Reine Rouge commença :

– Tu as manqué la soupe et le poisson, dit-elle. Qu'on serve legigot !

Et les domestiques placèrent un gigot de mouton devant Alice,qui le regarda d'un air anxieux car elle n'en avait jamais découpéauparavant.

– Tu as l'air un peu intimidée, permets-moi de te présenter à cegigot de mouton, dit la Reine Rouge. Alice… Mouton ; Mouton…Alice.

Le gigot de mouton se leva dans le plat et s'inclina devantAlice, qui lui rendit son salut en se demandant si elle devait rireou avoir peur.

– Puis-je vous en donner une tranche ? demanda-t-elle ensaisissant le couteau et la fourchette, et en regardant d'abord uneReine, puis l'autre.

– Certainement pas, répondit la Reine Rouge d'un tonpéremptoire. Il est contraire à l'étiquette de découper quelqu'un àqui l'on a été présenté. Qu'on enlève le gigot !

Les domestiques le retirèrent et apportèrent à la place unénorme plum-pudding.

– S'il vous plaît, je ne veux pas être présentée au pudding, ditAlice vivement ; sans quoi nous n'aurons pas de dîner du tout.Puis-je vous en donner un morceau ?

Mais la Reine Rouge prit un air maussade et grommela :

– Pudding... Alice ; Alice... Pudding. Qu'on enlève lepudding !

Et les domestiques l'enlevèrent avant qu'Alice eût le temps delui rendre son salut.

Néanmoins, comme elle ne voyait pas pourquoi la Reine Rougeserait la seule à donner des ordres, elle décida de tenter uneexpérience et s'écria :

– Qu'on rapporte le pudding !

Aussitôt le pudding se trouva de nouveau devant elle, comme parun tour de prestidigitation. Il était si gros qu'elle ne puts'empêcher de se sentir un peu intimidée devant lui comme ellel'avait été devant le gigot de mouton.

Néanmoins, elle fit un grand effort pour surmonter sa timiditéet tendit un morceau de pudding à la Reine Rouge.

– Quelle impertinence ! s'exclama le pudding. Je me demandece que tu dirais si je coupais une tranche de toi, espèce decréature !

Alice resta à le regarder, la bouche ouverte.

– Dis quelque chose, fit observer la Reine Rouge. C'est ridiculede laisser le pudding faire tous les frais de laconversation !

– Je vais vous dire quelque chose, commença Alice, un peueffrayée de constater que, dès qu'elle eut ouvert la bouche, il sefit un silence de mort tandis que tous les yeux se fixaient surelle. On m'a récité des quantités de poésies aujourd'hui, et cequ'il y a de curieux, c'est que, dans chaque poésie, il était plusou moins question de poissons. Savez-vous pourquoi on aime tant lespoissons dans ce pays ?

Elle s'adressait à la Reine Rouge, qui répondit un peu à côté dela question.

– À propos de poissons, déclara-t-elle très lentement etsolennellement en mettant sa bouche tout près de l'oreille d'Alice.Sa Majesté Blanche connaît une devinette délicieuse... toute en vers...et où il n'est question que de poissons. Veux-tu qu'elle te ladise ?

– Sa Majesté Rouge est trop bonne de parler de cela, murmura laReine Blanche à l'autre oreille d'Alice, d'une voix aussi douce quele roucoulement d'un pigeon.

Ce serait un si grand plaisir pour moi. Puis-je dire madevinette ?

– Je vous en prie, dit Alice très poliment.

La Reine Blanche eut un rire ravi et tapota la joue de lafillette. Puis elle commença :

« D'abord, faut prendre lepoisson. »
C'est facile : un enfant jecrois, pourrait le prendre.
« Puis, faut l'acheter, mongarçon. »
C'est facile : à deux souson voudra me le vendre.

« Cuisez le poisson àprésent ! »
C'est facile : il cuira enmoins d'une minute.
« Mettez le dans un platd'argent ! »
C'est facile, ma foi ; j'yarrive sans lutte.

« Que le plat me soitapporté ! »
C'est facile de mettre le platsur la table.
« Que le couvercle soitôté ! »
Ah ! c'est trop dur, et j'ensuis incapable !

Car le poisson le tientcollé,
Le tient collé au plat, la choseparait nette ;
Lequel des deux est plusaisé :
Découvrir le poisson ou bien ladevinette ?

– Réfléchis une minute et puis devine, dit la Reine Rouge. Enattendant, nous allons boire à ta santé… À la santé de la ReineAlice ! hurla-t-elle de toutes ses forces.

Tous les invités se mirent immédiatement à boire à sa santé. Ilss'y prirent d'une façon très bizarre : certains posèrent leurverre renversé sur leur tête, comme un éteignoir, et avalèrent toutce qui dégoulinait sur leur visage… d'autres renversèrent lescarafes et burent le vin qui coulait des bords de la table… ettrois d'entre eux (qui ressemblaient à des kangourous) grimpèrentdans le plat du gigot et se mirent à laper la sauce,« exactement comme des cochons dans une auge », pensaAlice.

– Tu devrais remercier par un discours bien tourné, déclara laReine Rouge en regardant Alice, les sourcils froncés.

– Il faut que nous te soutenions, murmura la Reine Blanche aumoment où Alice se levait très docilement, mais avec une certaineappréhension, pour prendre la parole.

– Je vous remercie beaucoup, répondit Alice à voix basse ;mais je n'ai pas du tout besoin d'être soutenue.

– Impossible ; cela ne se fait pas, dit la Reine Rouge d'unton péremptoire.

Et Alice essaya de se soumettre de bonne grâce à cettecérémonie.

(« Elles me serraient si fort, dit-elle plus tard, enracontant à sa sœur l'histoire du festin, qu'on aurait cru qu'ellesvoulaient m'aplatir comme une galette ! ») En fait, illui fut très difficile de rester à sa place pendant qu'elles'apprêtait à faire son discours : les deux Reines lapoussaient tellement, chacune de son côté, qu'elles faillirent laprojeter dans les airs.

– Je me lève pour remercier…, commença-t-elle.

Et elle se leva en effet plus qu'elle ne s'y attendait, car ellemonta de quelques centimètres au-dessus du plancher ; maiselle s'accrocha au bord de la table et parvint à redescendre.

– Prends garde à toi ! cria la Reine Blanche, en luisaisissant les cheveux à deux mains. Il va se passer quelquechose !

À ce moment (du moins c'est ce qu'Alice raconta par la suite),toutes sortes de choses se passèrent à la fois. Les bougiesmontèrent jusqu'au plafond, où elles prirent l'aspect de joncssurmontés d'un feu d'artifice. Quant aux bouteilles, chacuned'elles s'empara d'une paire d'assiettes qu'elles s'ajustèrent enmanière d'ailes ; puis, après s'être munies de fourchettes enguise de pattes, elles se mirent à voleter dans tous lessens.

« Et elles ressemblent étonnamment à des oiseaux, » pensaAlice, au milieu de l'effroyable désordre qui commençait.

Brusquement, elle entendit un rire enroué à côté d'elle. Elle seretourna pour voir ce qu'avait la Reine Blanche à rire de lasorte ; mais, au lieu de la Reine, c'était le gigot qui setrouvait sur la chaise…

« Me voici ! » cria une voix qui venait de lasoupière, et Alice se retourna de nouveau juste à temps pour voirle large et affable visage de la Reine lui sourire, l'espace d'uneseconde, au-dessus du bord de la soupière, avant de disparaîtredans la soupe.

Il n'y avait pas une minute à perdre. Déjà plusieurs des invitésgisaient dans les plats, et la louche marchait sur la table dans ladirection d'Alice, en lui faisant signe de s'écarter de sonchemin.

– Je ne peux plus supporter ça ! s'écria-t-elle ensaisissant la nappe à deux mains.

Elle tira un bon coup, et assiettes, plats, invités, bougies,s'écroulèrent avec fracas sur le plancher.

– Quant à vous, continua-t-elle, en se tournant d'un air furieuxvers la Reine Rouge qu'elle jugeait être la cause de tout lemal…

Mais la Reine n'était plus à côté d'Alice… Elle avaitbrusquement rapetissé jusqu'à la taille d'une petite poupée, etelle se trouvait à présent sur la table, en train de courirjoyeusement en cercles à la poursuite de son châle qui flottaitderrière elle.

À tout autre moment, Alice en aurait été surprise ; maiselle était beaucoup trop surexcitée pour s'étonner de quoi que cefût.

– Quant à vous, répéta-t-elle, en saisissant la petite créatureau moment précis où elle sautait par-dessus une bouteille quivenait de se poser sur la table, je vais vous secouer jusqu'a ceque vous vous transformiez en chatte, vous n'y couperezpas !

CHAPITRE X

SECOUEMEnt

Elle la souleva de sur la table tout en parlant, et la secoua d'avant en arrière de toutes ses forces.

La Reine Rouge n'opposa pas la moindre résistance ; son visage se rapetissa, ses yeux s'agrandirent et devinrent verts, puis, tandis qu'Alice continuait à la secouer, elle n'arrêta pas de se faire plus courte… et plus grasse… et plus douce… et plus ronde… et…

CHAPITRE XI

Réveil

—et, finalement, c'était bel et bien une petite chatte noire.

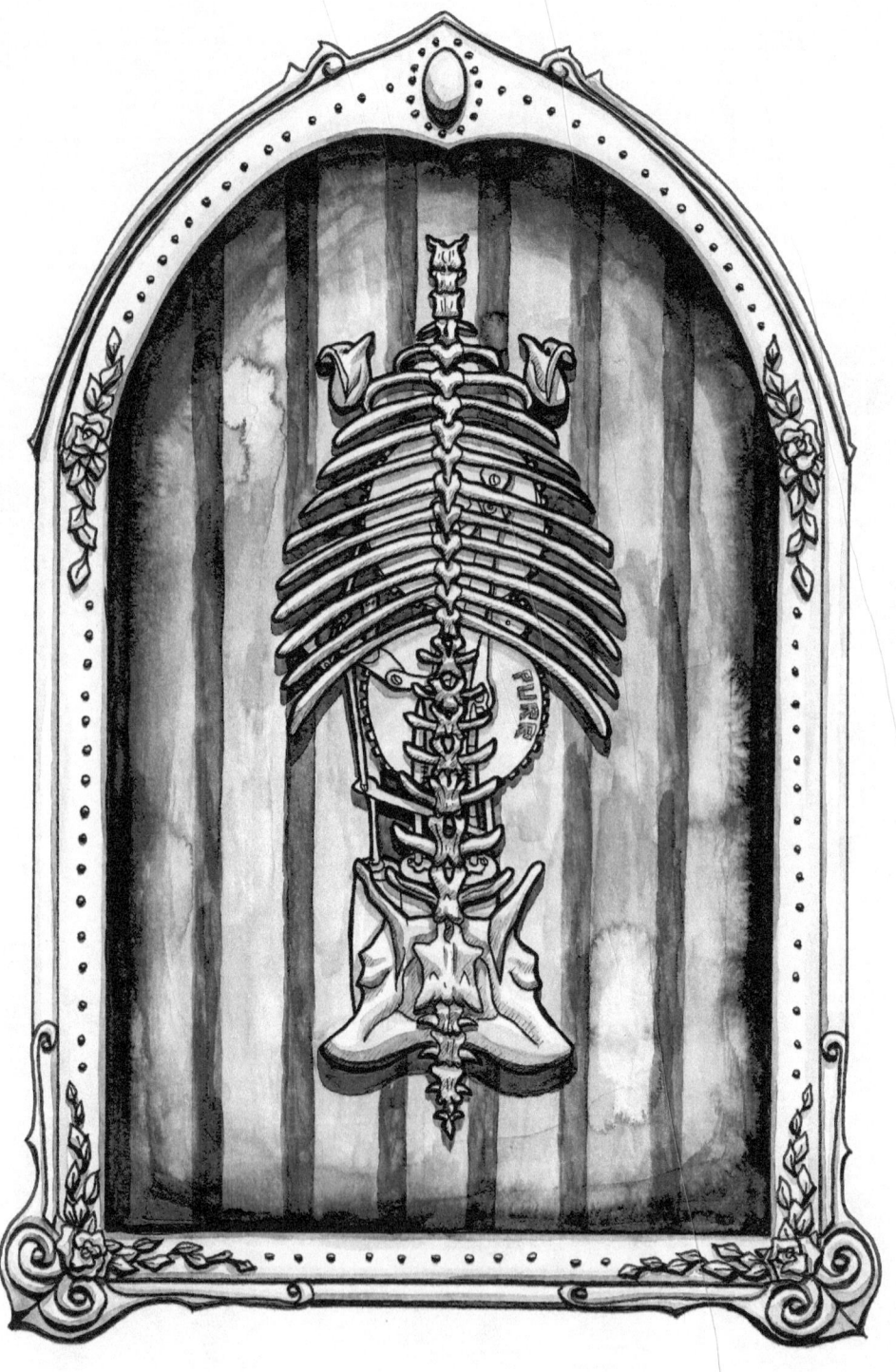

CHAPITRE XII

Qui a Rêvé?

Votre Majesté Rouge ne devrait pas ronronner sifort », dit Alice, en se frottant les yeux et en s'adressant àla chatte d'une voix respectueuse mais empreinte d'une certainesévérité. « Tu viens de me réveiller de… oh ! d'un sijoli rêve ! Et tu es restée avec moi tout le temps, Kitty…d'un bout à l'autre du Pays du Miroir. Le savais-tu, machérie ? » Les chattes (Alice en avait déjà fait laremarque) ont une très mauvaise habitude : quoi qu'on leurdise, elles ronronnent toujours pour vous répondre. « Siseulement elles ronronnaient pour dire « oui » etmiaulaient pour dire « non », ou si elles suivaient unerègle de ce genre, de façon qu'on puisse faire la conversation avecelles ! » avait-elle dit. « Mais comment peut-onparler avec quelqu'un qui répond toujours pareil ? » Encette circonstance, la chatte noire se contenta de ronronner ;et il fut impossible de deviner si elle voulait dire« oui » ou « non ».

Aussi Alice se mit-elle à chercher parmi les pièces d'échecs surla table jusqu'à ce qu'elle eût retrouvé la Reine Rouge ;alors, elle s'agenouilla sur la carpette, devant le feu, et plaçala chatte noire et la Reine face à face. « Allons,Kitty ! s'écria-t-elle, en tapant des mains d'un airtriomphant, tu es bien obligée d'avouer que tu t'es changée enReine ! » (« Mais elle a refusé de regarder laReine, expliqua-t-elle plus tard à sa sœur ; elle a détournéla tête en faisant semblant de ne pas la voir. Pourtant, elle a eul'air un peu honteuse, de sorte que je crois que c'est bien Kittyqui était la Reine Rouge. ») « Tiens-toi un peu plusdroite, ma chérie ! s'écria Alice en riant gaiement. Et faisla révérence pendant que tu réfléchis à ce que tu vas… à ce que tuvas ronronner. Rappelle-toi que ça fait gagner dutemps ! »

Là-dessus, elle prit Kitty dans ses bras et lui donna un petitbaiser, « pour te féliciter d'avoir été une Reine Rouge,vois-tu ! » « Perce-Neige, ma chérie,-continua-t-elle, en regardant par-dessus son épaule la ReineBlanche qui subissait toujours aussi patiemment la toilette que luifaisait la vieille chatte, je me demande quand est-ce que Dinah enaura fini avec Votre Majesté Blanche ?

C'est sans doute pourça que tu étais si sale dans mon rêve… Dinah ! sais-tu que tudébarbouilles une Reine Blanche ? Vraiment, tu fais preuved'un grand manque de respect, et ça me surprend de tapart !

« Et en quoi Dinah a-t-elle bien pu se changer ?continua-t-elle, en s'étendant confortablement, appuyée sur uncoude, pour mieux regarder les chattes. Dis-moi, Dinah, est-ce quetu es devenue le Gros Coco ? Ma foi, je le crois ; maistu feras bien de ne pas en parler à tes amis, car je n'en suis pastrès sûre.

« À propos, Kitty, si tu avais été vraiment avec moi dansmon rêve, il y a une chose qui t'aurait plu énormément : onm'a récité des tas de poésies, et toutes parlaient depoisson ! Demain, ce sera une vraie fête pour toi :pendant que tu prendras ton petit déjeuner, je te réciterai : »Le Morse et le Charpentier », et tu pourras faire semblant que tumanges des huîtres !

« Voyons, Kitty, réfléchissons un peu à une chose :qui a rêvé tout cela ? C'est une question très importante, machérie ; et tu ne devrais pas continuer à te lécher la pattecomme tu le fais… comme si Dinah ne t'avait pas lavée cematin ! Vois-tu, Kitty, il faut que ce soit moi ou le RoiRouge. Bien sûr, il faisait partie de mon rêve… mais, d'un autrecôté, moi, je faisais partie de son rêve à lui ! Est-ce le RoiRouge qui a rêvé, Kitty ? Tu dois le savoir, puisque tu étaissa femme… Oh, Kitty, je t'en prie, aide-moi à régler cettequestion ! Je suis sûre que ta patte peutattendre ! » Mais l'exaspérante petite chatte se contentade se mettre à lécher son autre patte, et fit semblant de ne pasavoir entendu la question.

Et vous, mes enfants, qui croyez-vous que c'était ?

Un bateau, sous un cield'été,
Sur l'eau calme s'estattardé,
Par un après-midi doré…

Trois enfants, près de moiblottis,
Les yeux brillants, le cœurravi,
Écoutent un simplerécit…

Ce jour a fui depuislongtemps.
Morts sont les souvenirsd'antan.
Dispersés au souffle duvent,

Sauf le fantôme radieux
D'Alice, qui va sous lescieux
Que le rêve ouvrit à sesyeux.

Je vois d'autres enfantsblottis,
Les yeux brillants, le cœurravi,
Prêter l'oreille à cerécit.

Ils sont au PaysEnchanté,
De rêves leurs jours sontpeuplés,
Tandis que meurent lesétés.

Sur l'eau calme voguant sanstrêve…
Dans l'éclat du jour quis'achève…
Qu'est notre vie, sinon unrêve ?

FIN

www.ingramcontent.com/pod-product-compliance
Lightning Source LLC
Chambersburg PA
CBHW020647260626
47157CB00008B/2938